席慕蓉 散文

席慕蓉／著

透明的哀伤

长江出版传媒

长江文艺出版社

发光的字

——序诗

总有那么一日

让我能找到　一首

好像只是为了我而写下的诗

让心不再刺痛　让自己

在瞬间好像就已经完全明白

如苍天之引领万物

错落的诗行由诗人全权散布

请看　那夏夜的群星罗列

彼此相随　在诗的轨道上

我们的世界如此致密　如此深邃

总有那么一日吧

那些发光的字　终于前来

为我　把生命的杂质滤净

把匕首　挪开

——2015.2.21

篇四

此生·此世·此时

篇五

生命的讯息

篇六

透明的哀伤

透明的哀伤

篇一

窗前的青春

谦 卑 的 心

有一阵子，我住在布鲁塞尔市中心，上学途中必定经过拉莫奈广场，在广场的角落经常有位老太太在那里摆个小摊子卖花。

有一个春天的早上，天气好冷，行人不多，她的摊子上已摆满了黄水仙，嫩黄的花瓣上水珠晶莹，在朝阳下形成一种璀璨的诱惑。我停下来向她买了一束，她为我小心地包扎起来，然后，在她把零钱找给我以后，我看到她匆匆地低头画了个十字。

我觉得很奇怪，忍不住问她：

"请问你这是为了什么呢?"

她抬起满是皱纹的脸来向我微笑：

"小姐，我每天在卖出第一束花时，都要向天主道谢。"

以后，每当我起了骄傲的意念时，我就会想起这位卖花的老妇人，和她的谦卑的心。

母 亲 最 尊 贵

　　我的学生说：老师，你别只描述你贵族的母亲，你也写一些世间平凡的妇人吧。你知道，有一些母亲没有美丽的面容，没有丝质的衣服，没有学识，没有地位，甚至没有娱乐，整天只有那无休无止的工作。跋涉在山间的小径上就如同跋涉在人间的长路上一样，有些很困苦的母亲，在走着很困苦的路呢。

　　我回答他说：母亲有了你和你的弟妹，再困苦的路她也肯走。你怎么能用外表的一切来衡量母亲的心呢？你要知道，所有的母亲，都是这世间最尊贵的一种种族。

窗前的青春

青春有时候极为短暂，有时候却极为冗长。我很清楚，因为，我也曾如你一般的年轻过。

在教室的窗前，我也曾和你一样，凝视着四季都没有什么变化的校园，心里猜测着自己将来的多变化的命运。我也曾和你一样，以为，无论任何一种，都会比枯坐在教室里的命运要美丽多了。

那时候的我，很奇怪老师为什么从来不来干涉，就任我一堂课一堂课地做着梦。今天，我才知道，原来，他也和今天的我一样，微笑着，从你们年轻饱满的脸上，在一次次地重读着那我们曾经经历过的青春呢。

白 色 山 茶 花

山茶又开了，那样洁白而又美丽的花朵，开了满树。

每次，我都不能无视地走过一棵开花的树。

那样洁白温润的花朵，从青绿的小芽儿开始，到越来越饱满，到慢慢地绽放，从半圆，到将圆，到满圆。花开的时候，你如果肯仔细地去端详，你就能明白它所说的每一句话。

就因为每一朵花只能开一次，所以，它就极为小心地绝不错一步，满树的花，就没有一朵开错了的。它们是那样慎重和认真地迎接着唯一的一次春天。

所以，我每次走过一棵开花的树，都不得不惊讶与屏息于生命的美丽。

幸　福

幸福的爱情都是一种模样，而不幸的爱情却各有各的成因，最常见的原因有两个：太早，或者，太迟。

年轻的你，有足够的理由相信：你将会得到这世间最幸福的一份爱。

所以，我也有足够的理由劝告你，要耐心地等待。不要太早地相信任何甜言蜜语，不管那些话语是出于善意或是恶意，对你都没有丝毫的好处。果实要成熟了以后才会香甜，幸福也是一样。

理　想

　　我知道，我把这世界说得太理想化了。可是，我并没有错，如果没有理想，这世界将会是一种什么样的面貌呢？

　　理想，在实现以前，有很多名字，它们是：幻想、妄想、白日梦，和，不可能。

　　可是，就是它，使得一个只能爬行的看守鸭子的小男孩，变成了受众人崇敬的学者与勇者。也就是它，使得一个患病二十多年、只有小学学历的女孩写出那么多本喜悦和美丽的书。

　　我们不能再找借口说他们的成功是因为"得天独厚"了。非承认不可的是：他们的成功是因为他们有理想，并且，坚信不移。

明　镜

假如你知道自己这样做并没有错的话，那么，你就继续做下去，不要理会别人会怎样地讥笑你。

相反的，假如你觉得事情有一点不对劲，那么，任凭周围的人如何纵容，如何引诱，你都要拒绝他们。

因为，在你心里，一直有着一面非常清冽的镜子，时时刻刻地在注视着你。它知道，并且也非常爱惜你的清纯和正直。

岁　月

好多年没有见面的朋友，再见面时，觉得他们都有一点不同了。

有人有了一双悲伤的眼睛，有人有了冷酷的嘴角，有人是一脸的喜悦，有人却一脸风霜；好像十几年没能与我的朋友们共度的沧桑，都隐隐约约地写在他们的脸上了。

原来岁月并不是真的逝去，它只是从我们的眼前消失，却转过来躲在我们的心里，然后再慢慢地来改变我们的容貌。

所以，年轻的你，无论将来会碰到什么挫折，请务必要保持一颗宽谅喜悦的心，这样，当十几年后，我们再相遇，我才能很容易地从人群中把你辨认出来。

再　会

　　年轻的你，是分别的时候了，让我向你说一声："再会"。

　　希望你会好好地长大，能变成一个自己心中愿意，并且他人也喜欢的那么样的一种人。

　　我不是不承认个人的价值，相反的，我常常认为，先要爱自己才可能去爱别人。

　　但是，你如果终生只停留在爱自己的角落里，那么，你将会失掉很多奋斗的机会，失掉好好地生活一次的权利。

　　一朵孤芳自赏的花只是美丽，一片互相依恃着而怒放的锦绣才是灿烂。祝你能有一个灿烂的明天。再会，我年轻的朋友。

我 的 苦 闷

在一个阴雨的午后，一个学生怎样也调不出她想要的颜色，于是，我这个做老师的只好坐下来帮帮她的忙。

当她把调色板递给我的时候，那木头的光泽吸引了我，好漂亮的一块木头，拿在手上分量刚好，本色上刷了一层透明的漆，原来该是很浅的木色，大概是年代久远了的关系，经过了时光与人手的抚摸，让原来单纯的木色变得古雅厚重，木纹又极为细致，就好像中古世纪西方宗教画上的那一层釉彩一样，整块木板有着一层无法形容的美丽光泽。

"这是在哪里找到的调色板？"我问学生。

她有点含羞地微笑了：

"这是我爸爸的，我爸爸年轻时用的。"

"他现在还画吗？"

"不啰！早就不画啰！我爸爸现在在开电器行。可是我考取了美术科，他比谁都高兴，这块调色板是他找了出来给我的。"

年轻的父亲在用着这块调色板时，曾有过多少年轻的热情和年轻的希望？而在隔了二十年到三十年后，在尘封的角落里找到它，把它交到想学画的小女儿的手上时，又是一种什么样的心情呢？是一种补偿的快乐？还是一种再生的希望？

在阴暗的画室里，手上拿着这块调色板，我心中有着很强烈的感动，别人是怎样地把儿女托付到我们手中的啊！他们用着多谦卑与多热切的态度，希望我们能够，请求我们能够，使他们的子女进入一种境界，达到一种要求，实现一个从几十年前便开始盼望着的幻梦与理想。

　　我肩头负着的是怎样的一副重担！而我，我尽了力吗？我真的可以问心无愧吗？

　　我开始觉得苦闷了。

哭 泣 的 女 孩

我们这个社会常常喜欢苛责于人，我也不例外。

有一天，取道高速公路北上，在经过杨梅收费站的时候，车子在站前大排长龙，老远老远地就要停下来，然后再慢慢地一辆车一辆车地挨过去。

那是个傍晚，我原来并没有什么急事，可是周围的气氛也影响了我，有不断按喇叭的，有开了窗户伸出头来大声咒骂的，有频频看表又摇头叹气的；使我也禁不住在心里嘀咕起来了！

"到底是怎么一回事？怎么有这么笨的人！"

看得出来我们这一条车道的车移动得特别慢，似乎是收费小姐的动作有问题，更增加了等待的人的火气。

好不容易，轮到我了。我伸出左手去缴费，然后也朝收费间里望过去，想看一看这么笨的人到底长个什么模样。

那女孩长着一张很清秀的脸，可是这张脸上却挂着两串不断往下滴落的眼泪，红润的嘴唇咬得很紧，好像想要停止哭泣，却又忍不住委屈地抽噎。手上没一刻闲着，找钱给票地忙得团团转，她把票拿给我时，一滴眼泪正滴落在我的手上。

我心里很难过，想对她说一两句安慰的话，可是她已经很快地缩进去了，又在准备下一辆车的票和零钱。我只好发动车子，从后望镜里，仍然能看到她小小的身影在开了灯的收费站上晃来晃去，重复着那同样的动作。

她也许是一个生手，她也许今天有点不舒服，也许，这一切根本不是她的错。可是，仗着我们人多，我们就理直气壮地咒骂起她来，其实，我们不过多等了几分钟而已，哪又会真的耽误了什么事呢？

一个十八九岁刚出家门的女孩，在有些父母的眼里还是需要时时照顾、处处呵护的年龄，竟然知道必须要硬挺着，流着泪也要把她的工作做下去，真让人想起来也心疼。可是，我和那一群人在那天傍晚给了她多么残忍的一种待遇啊！

我一直很想再找到她，向她说一声："对不起！"

夜 校 生

在傍晚下课回家的时候，常会经过光复中学和治平中学的校门口，有时候，正碰上夜间部的学生上学，在十字路口，车辆会被维持交通的同学挡住，正好可以仔细地端详他们。

谁说这一代的青年是失落的一代？在我眼前有那么多可爱可敬的孩子们，不知道从四面八方什么地方走过来的，马路上都是他们！穿着干净整齐的校服，带着安静快乐的笑容，和日间部的学生有些不一样的是，头发留得都比较长，脸上的神情也显得老成些，而且，他们好像都很喜欢身上的那套制服，似乎那套制服是一种希望、一种象征和一种自豪。

他们实在足以自豪，在一天工作的劳累之后，还能从各个地方搭车过来，不懈不休，高高兴兴地走来上课，实在不是一件容易的事，不是每个人都能做到的。

有一次，在保养厂修车，一个满身油污的年轻工人，看见我车内载了油画，于是从印象派谈起，谈到中西绘画的异同，整个修车的过程，我们都谈得极为投机。原来他白天在修车厂工作，晚上在工专读书，假日还拜师学国画、书法和日文。他向我说出他的学历时，又高兴又有一点脸红，好纯朴的一个青年！

在全省各地，有好多这样的青年，他们的家境显然不十分好，他们的工作环境也不一定理想，在夜校里的成绩可能也并不很好，可是，都有一颗极肯上进的心，就是这一颗心使他们的生活与思想变得极不平凡。

　　而在一个安定的社会里，只要脚踏实地，肯一步一步地往前走，这些青年的未来必然有无限希望。我们也许不能为他们直接地做一些什么，但是，若是我们每个成人都能把自己分内的工作做好，竭力地促进这个社会的安定和繁荣，那么，我们不也是间接地在为他们铺路吗？

　　夜校生，让我们一起来加油！

春 回

我知道
凡是美丽的
总不肯也
不会
为谁停留
……
　　　　——画展

　　只要知道朋友里有谁是住在北投的，我就会自然地对他有了好感，而且，总不忘记告诉他：

　　"我娘家以前也在新北投。"

　　其实，那个旧家早已转卖给别人了，可是在我心里，我一直是住在那里的。每次梦里家人团聚的时候，也总是在那个长春路的山坡上，院子里总是开满了杜鹃和红山茶。

　　这也是没有办法的，因为很多不能忘记的事都是在那里发生，从那里开始的。

　　就好像我常爱讲给朋友听的那件事一样：有一个春天的下午，天气那么好，在屋子里的我禁不住引吭高歌，一首接一首地唱了起来。透过落地窗的玻璃，看见德姐在杜鹃花丛里走过来又走过去，她长长的黑发在脑后梳了起来，露出一段柔白的颈项，从缤纷的花丛里转过来的脸庞上竟然带着一种很神秘的笑意。

被这样一幅画面吸引住的我，歌也忘了唱了，就站在窗前呆呆地看着微笑的对我走过来的姐姐。

姐姐走进来了，脸还是红红的，她说：

"你知道，我为什么一直要待在院子里吗？"

"看花？晒太阳？"我试着回答她，姐姐摇头，然后，那种神秘的笑意又浮了上来：

"我待在院子里，是为了要告诉别人，在屋子里唱歌的那个人不是我！"

接下来的，当然是一阵不甘受辱的惊呼，然后就是一场追逐和嬉笑。当我们两个人终于都累得跑不动了的时候，我就顺势在草地上躺了下来，在笑声和喘息声里，我还记得那很蓝的天空上，有好多朵飞得好快的云彩。

而那样单纯和平凡的日子是从什么时候开始改变的呢？一直认为是应该的，并且不足为奇的相聚，怎么忽然之间竟然变得珍贵和不易再得了呢？

今夜，在多雨的石门乡间，杜鹃花在草坪上一丛又一丛地盛开着。打开姐姐新录制的唱片的封套，轻轻地把唱片放在转盘上，静夜里，姐姐深沉又柔润的女中音听来特别美丽。十几岁起、二十年的努力使她终于能够实现了年少时的愿望，成为一个国际知名的声乐家。

可是，我却常常会想起我们山坡上的那个开满了花的院子，和天上的那些云彩，白白柔柔的，却飞得好快。

不肯回来的，大概也不只是那些云彩了。

生日卡片

刚进入台北师范艺术科的那一年，我好想家，好想妈妈。

虽然，母亲平日并不太和我说话，也不会对我有些什么特别亲密的动作，虽然，我一直认为她并不怎么喜欢我，平日也常会故意惹她生气；可是，一个十四岁的初次离家的孩子，晚上躲在宿舍被窝里流泪的时候，呼唤的仍然是自己的母亲。

所以，那年秋天，母亲过生日的时候，我特别花了很多心思做了一张卡片送给她。在卡片上，我写了很多，也画了很多，我说母亲是伞，是豆荚，我们是伞下的孩子，是荚里的豆子，我说我怎么想她，怎么爱她，怎么需要她。

卡片送出去了以后，自己也忘了，每次回家仍然会觉得母亲偏心，仍然会和她顶嘴，惹她生气。

好多年过去了，等到自己有了孩子以后，才算真正明白了母亲的心，才开始由衷地对母亲恭敬起来。

十几年来，父亲一直在国外教书，只有放暑假时偶尔回来一两次，母亲就在家里等着妹妹和弟弟读完大学。那一年，终于，连弟弟也当完兵又出国读书去了，母亲才决定到德国去探望父亲并且停留下来。出国以前，她交给我一个黑色的小手提箱，告诉我，里面装的是整个家族的重要文件，要我妥善保存。

黑色的手提箱就一直放在我的阁楼上，从来都没想去碰过，一直到有一天，为了找一份旧的户籍资料，我才把它打开。

我的天！真的是整个家族的资料都在里面了。有外祖父早年那些会议的相片和札记，有祖父母的手迹，他们当年用过的哈达，父亲的演讲记录，父母初婚时的合照，朋友们送的字画，所有的纸张都已经泛黄了，却还保有着一层庄严和温润的光泽。

然后，我就看到我那张大卡片了。用红色的圆珠笔写的笨拙的字体，还有那些拼拼凑凑的幼稚的画面，一张用普通的图画纸折成四折的粗糙不堪的卡片，却被我母亲仔细地收藏起来了，收在她最珍惜的位子里，和所有庄严的文件摆在一起，收了那么多年！

卡片上写着的是我早已忘记了的甜言蜜语，可是，就算是这样的甜言蜜语也不是常有的。忽然发现，这么多年来，我好像也只画过这样一张卡片。长大了以后，常常只会去选一张现成的印刷好了的甚至带点香味的卡片，在异国的街角，匆匆忙忙地签一个名字，匆匆忙忙地寄出，有时候，在母亲收到的时候，她的生日都已经过了好几天了。

所以，这也许是母亲要好好地收起这张粗糙的生日卡片的最大理由了吧，因为，这么多年来，我也只给了她这一张而已。这么多年来，我只会不断地向她要求更多的爱，更多的关怀，不断地向她要求更多的证据，希望从这些证据里，能够证明她是爱我的。

而我呢？我不过只是在十四岁那一年，给了她一张甜蜜的卡片而已。

她却因此而相信了我，并且把它细心地收藏起来，因为，也许这是她从我这里能得到的唯一的证据了。

在那一刹那里，我才发现，原来，原来世间所有的母亲都是这样容易受骗和容易满足的啊！

在那一刹那，我不禁流下泪来。

夫　妻

在待产室里呻吟的她，终于哭了起来。

心里好害怕，好后悔。多希望这些不过是一场噩梦，梦醒了以后会发现自己仍然像平日一样地自由，仍然在漫山遍野地游荡，做自己爱做的事，而不是像现在这样，被困在一张有着金属栏杆的床上，被排山倒海的剧痛所折磨着，怎样也不肯停止，怎样也无法脱身。

她哭得很厉害，阵痛袭来时甚至喊叫了出来：

"我不要！我不要啊！"

是的，她不要这种命运，她不喜欢这种命运，心里发下重誓，希望这一切赶快过去，再没有下一次了，再也不要重复这种可怕的经验了。

孩子终于生下来了，在力竭后短暂的昏迷里，觉得有人抱住了她，那温柔的拥抱是她所熟悉的。是她的丈夫正在不断地低唤她，轻声安慰她，然后，突然之间，丈夫开始哭泣，并且在她耳边反复地说：

"再也不要生了！以后再也不要生了！"

自从相识以来，她从来没有看过丈夫哭，从来不知道，那样坚强的男子也会流泪。可是，现在，那个一直为她遮风挡雨的男子竟然抱着她痛哭了起来，大滴大滴的热泪滴在她额上。

在刹那之间，她忘却了一切的痛苦和惊惶，心中竟然充满了一种炽热的欢喜。她的身体虽然像在烈日烤炙下寸寸碎裂的土地，但是，在那疼惜的泪水滴落之后，遍野在霎时竟然开出一大朵一大朵喜悦的花来。

黑暗的长夜已经过去，产房窗外是那初升的朝阳，耳旁有孩子嘹亮的啼声，身边有丈夫温柔的陪伴，那幸福的感觉是怎样狂猛地向她卷袭过来啊！

　　她发现，自己正在重复着一个同样的意念，在心里，她正在反复地对自己说：

　　"我一定要，一定还要再为他生一个孩子。"

　　她果然是这样做了，并且，无畏也无悔。

母　子

幼小的孩子抬起头来对她说：

"妈妈，你是世界上最漂亮的妈妈！"

孩子只有三岁，对他来说，"世界"不过就只是家周围那几条小小的巷子罢了，可是，他却非常严肃而且权威地再向她说一遍：

"真的，妈妈，你是世界上最好最漂亮的妈妈！"

她不禁微笑，俯身抱起了这个小小的宝贝，把他紧紧地拥在怀里。是的，孩子，妈妈知道你的意思，妈妈明白你的意思，因为，多少年以前，妈妈也曾经和你一样，说过这同样的一句话啊！

多少年以前，她曾经不止一次抬头望向她自己的母亲，不止一次说过这句话，小小心灵充满了无限的羡慕与热爱，而那俯身向她微笑的母亲是多么的美丽啊！

长大了以后，才发现，这个世界有多大，自己的父母和周遭的人一样，都不过是平平凡凡地在过着日子罢了。但是，她也发现，在心里最深最深的那个地方，她仍然固执地相信着。尽管母亲已逐渐老去，而每次面对着母亲的时候，她仍然想像幼小的时候那样，很严肃并且很权威地对母亲说：

"妈妈，您是世界上最好最漂亮的妈妈！"

同　学

上课的时候，说了一句和课文有关的笑话，全班哄然。

天气很好，教室里很明亮，窗外大面包树的叶子已经爬到这三楼的走廊上来了，太阳照过来，把教室里的白粉墙都映上了一层柔绿的光。

只不过是一句很短的笑话，讲台下几十颗年轻的心马上在同时有了反应，一起会心地微笑了起来，每个年轻的笑靥上都映着一层健康红润的光泽。

站在讲台上的她忽然怔住了，眼前的景象似曾相识，心里霎时有一种恍惚的温馨。

小学毕业时唱的那首骊歌："青青校树，萋萋庭草……"是不是就是这个样子？"笔砚相亲，晨昏欢笑……"是不是也就是这种感觉？

好多不同个性的人，从不同的地方走过来，只为了在这三年或者五年中共用一间教室，共用一张桌子，共读一本书，一起在一个天气好的下午，为了一句会心的话，哄然地笑一次，然后，再逐渐地分开，逐渐走向不同的地方，逐渐走向不同的命运；"同学"是不是就是如此了呢？

站在讲台上的她久久没有开口，只是微笑地注视着眼前的学生，心里重新浮现了那些旧日同窗的面孔，那些啊！那些不知道分散到什么地方去了的朋友。

那些在辽阔的人海里逐渐失去了音讯的朋友，在一些突然的似曾相识的时刻里，是不是也会想起她来？是不是也会回想起少年时和大家一起度过的那些时光？而在他们的心里，是不是也会同样有一种恍惚的温馨呢？

同　胞

她是在猝不及防的情况之下看到了那一张相片的。

那年，她才十六岁，世界对她来说正是非常细致又非常简单的时候，她所需要关心的只是学校的功课、周末的郊游，还有能不能买一条新裙子的那些问题而已。

有一天，风和日丽，窗明几净，在家里，她随意翻开了一本杂志，然后，她就看到了那张相片。

相片里，一个张大着嘴在号啕的妇人跪在地上，看样子还很年轻，后面站着一些持刀还是持枪的人，妇人的前面有个很大的土坑，相片下的说明写的是：南京大屠杀，日军活埋民众。

在起初的时候，她还不能了解图片与文字所代表的意义，然后，忽然之间，她完全明白了。忽然之间，全身的血液都凝固成冰，然后又重新开始狂乱地奔流。

在她的周遭，世界并没有什么改变，仍然是风和日丽，仍然是窗明几净，可是，从那一刻以后，她再也不是以前的她了。

从那一刻以后，相片上妇人悲苦惶惧的面孔和整个中国的命运一齐刺进了她的心里，从此再也无法拔起，无法消除，无法忘记。

篇二

孤独的行路者

回顾所来径

孩子从幼稚园放学回来，兴高采烈地把他在树上捡到的宝物拿给我看：

"妈妈，你看，一只透明的蝉。"

那是一只已振翅飞去的夏蝉所蜕下的蝉壳，土黄色的薄膜上很仔细地刻印了那一只蝉外表的所有的记录。那样精致而又美丽，因此真让人会以为：在我孩子的小手上停留着的，是一只透明的蝉哩！

造物真是不可思议的神奇。我一直在想，不知道那只飞走了的蝉在离开前的一刹那会不会忽然有点不舍？会不会又再飞回来，再看一眼为它的蜕变所留下来的，那一件如艺术品般的纪念？

我想，如果我是那只蝉，我一定不舍得忘记。

我想，这也是为什么，我会在画油画、画素描之外，又来写诗和写散文的原因了吧。

我是一个喜欢"回顾"的人。

走在山林里，喜欢回头，总觉得风景在来的路上特别好看。开车的时候，爱看后望镜，觉得镜里的景色另有一种苍茫之感。而在人生的道路上，每一个转折，每一次变换，都会使我无限依恋，频频回顾。

我喜欢回顾，是因为我不喜欢忘记。我总认为，在世间，有些人、有些事、有些时刻似乎都有一种特定的安排，在当时也许不觉得，但是在以后回想起来，却都有一种深意。我有过许多美丽的时刻，实在舍不得将它们忘记。

不过，这并不是表示说，我不喜欢"现在"与"将来"，相反的，我对今日的一切也极为珍惜，对明日的一切更充满了憧憬。而在我的作品里，好像总有一个特定的对象，年少的时候不能自知，但是今日的我已能够感觉到了：不管是十几岁时的日记也好，或者三十多岁时的札记也好，我心中一直有个倾诉的对象，那就是一个"明日的我"。

就是说：今夜，在灯下执笔的我，记载下昨天刚刚发生的事，是为了，为了明日的那一个我，在一首诗、一篇散文或者一幅油画之前，能够记起来一些很珍贵的感情与记忆，因而也能体会并且明白我今夜的这一份深深的祝福与感谢了。

虽说岁月一去不复回，可是，在那一刹那，在恋恋回首的那一刹那，昨日、今日与明日不就都能聚在一起，重新再活那么一次了吗?

而我所求的，也不过就是如此而已。

我 的 选 择

人的一生，总该有一种坚持。总该有一些东西会令你激动、令你沸腾、令你热泪盈眶的吧。

也许有人会笑着说这一切不过是些愚忠、愚孝，或者是些狭隘的痴情。也有人劝我们应该置身事外，学习用一种客观的态度来观察、来选择。

他们哪里知道，我并没有选择的余地。

我一点也没有选择的余地。

我在这个岛上慢慢长大，在这个岛上读书、做事，在这个岛上生下了我的孩子。我所有的记忆都与这个岛有着关联，在所有曲折的巷弄和苍郁的山路上都有着我的足迹。

我只想在这一块与我有着极深关联的土地上继续走下去，身旁的每一个人他们的故事他们的心情他们的盼望我都能了解都能明白也都能参与。

我活在这里。这无法替代无法舍弃的一切就在我的身边，我毫无选择的余地。

人的一生，总该有一种坚持，我的坚持就在这里。

我一点也没有选择的余地。

孤 独 的 行 路 者

生命原来并没有特定的形象，也没有固定的居所，更没有他们所说的非遵循不可的规则的。

艺术品也是这样。

规则只是为胆怯与懒惰的行路者而设立的，因为，沿着路标的指示走下去，他们虽然不一定能够找到生命的真相，却总是可以含糊地说出一些理由来。

那些理由，那些像纲目一样的理由使人容易聚合成群，容易产生一种自满的安全感。

但是，当山风袭来，当山风从群峰间呼啸而来的时候，只有那孤独的行路者才能感觉到那种生命里最强烈的震撼吧？

在面对着生命的真相时，他一生的寂寞想必在刹那间都能获得补偿，再长再远的跋涉也是值得的。

严　父

　　八月，夏日炎炎，在街前街后骑着摩托车叫卖着"牛肉，肥美黄牛肉"的那个男子，想必是个父亲吧。新修的马路上，压路机反复地来回着，在驾驶座上那个沉默的男子，想必是个父亲吧。不远处那栋大楼里，在一间又一间的办公室批着公文、抄着公文、送着公文的那些逐渐老去的男子之中，想必也有很多都是父亲了吧。一切的奔波，想必都是为了家里的几个孩子。

　　风霜与忧患，让奔波在外的父亲逐渐有了一张严厉的面容，回到家来，孩子的无知与懒散又让他有了一颗急躁的心。怎么样才能让孩子明白，摆在他们眼前的，是一条多么崎岖的长路。怎么样才能让孩子知道，父亲的呵护是多么有限和短暂。

　　可是，孩子们不想去明白，也不想去知道，他们喜欢投向母亲柔软和温暖的怀抱，享受那一种无限的纵容和疼爱。

　　劳苦了一天的父亲，回到自己的家，却发现，他用所有的一切在支撑着的家实在很甜美也很快乐，然而这一种甜美与快乐却不是他可以进去，可以享有的。

　　于是，忧虑的父亲，同时也就越来越寂寞了。

贝　壳

在海边，我捡起了一枚小小的贝壳。

贝壳很小，却非常坚硬和精致。回旋的花纹中间有着色泽或深或浅的小点，如果仔细观察的话，在每一个小点周围又有着自成一圈的复杂图样。怪不得古时候的人要用贝壳来做钱币，在我手心里躺着的实在是一件艺术品，是舍不得拿去和别人交换的宝贝啊！

在海边捡起这一枚贝壳的时候，里面曾经居住过的小小柔软的肉体早已死去，在阳光、砂粒和海浪的淘洗之下，贝壳中生命所留下来的痕迹已经完全消失了。但是，为了这样一个短暂和细小的生命，为了这样一个脆弱和卑微的生命，上苍给它制作出来的居所却有多精致、多仔细、多么的一丝不苟呢！

比起贝壳里的生命来，我在这世间能停留的时间和空间是不是更长和更多一点呢？是不是也应该用我的能力来把我所能做到的事情做得更精致、更仔细、更加的一丝不苟呢？

请让我也能留下一些令人珍惜、令人惊叹的东西来吧。

在千年之后，也许也会有人对我留下的痕迹反复观看、反复把玩，并且会忍不住轻轻地叹息：

"这是一颗怎样固执又怎样简单的心啊！"

荷　叶

　　后院有六缸荷，整个夏天此起彼落开得轰轰烈烈，我只要有空，总是会去院子里站一站，没时间写生的话，闻一闻花叶的香气也是好事。

　　虽说是种在缸里，但因为紧贴着土地，荷花荷叶仍然长得很好。有些叶片长得又肥又大，亭亭而起，比我都高了许多。

　　我有一个发现，在这些荷叶间，要出水面到某一个高度才肯打开的叶子才能多吸收阳光，才是好叶子。

　　那些在很小的时候就打开了的叶子，实在令人心疼。颜色原来是嫩绿的，但是在低矮的角落得不到阳光的命运之下，终于逐渐变得苍黄。细细弱弱的根株和叶片，与另外那些长得高大健壮粗厚肥润的叶子相比较，像是侏儒又像是浮萍，甚至还不如浮萍的青翠。

　　忽然感觉到，在人生的境界里，恐怕也会有这种相差吧。

　　太早的炫耀、太急切的追求，虽然可以在眼前给我们一种陶醉的幻境，但是，没有根柢的陶醉毕竟也只能是短促的幻境而已。

　　怎么样才能知道？哪一个时刻才是我应该尽量舒展我一生怀抱的时刻呢？怎么样才能感觉到那极高极高处阳光的呼唤呢？

　　那极高极高处的阳光啊！

马樱丹

在香港读小学的时候，学会了逃学。

要逼得我逃学的课不是国语也不是算术，而是劳作课。

劳作老师很凶，很黑很瘦的妇人，却常在脸上涂了过多的脂粉。

劳作课要做纸工，把彩色纸裁成细条，再反复编结起来，上下交叉，编成一块小小的席子。有那手巧的同学，会配颜色，不同色的纸条编在一起，可以编出像彩虹一样的颜色来。

而我什么也不会，剪得不齐，折得不整，也根本没办法把那些纸条编在一起，总是会有些掉出来，有些跑开去。满头大汗地坐在教室里，老师逼急了，我就逃学。

逃得也不远，就在学校旁边的山坡上。山坡没有大树，只长满了一丛又一丛的马樱丹，足够遮掩我小小的身体。我一个人躺在花下面，阳光总是柔和的，无所事事的我摘着马樱丹，仔细观察着那些像彩虹一样的小花朵，我想，我对色彩的初级教育应该就是从那些个逃学的时刻开始的。

从香港到了台湾，满山仍然是一丛又一丛的马樱丹。新竹师专后面的山上也有着一片和童年记忆里非常相似的山坡，住在新竹的那几年，我常带着小小的慈儿爬上坡去。在柔和的阳光里，我们母女俩采摘着花朵，听着远远坡下传来的学校里的钟声，总会有一些模糊的光影从我心里掠过。

而那样的日子也逐渐远去了，一切的记忆终于如光影般互相重叠起来。只有在我经过每一丛马樱丹的花树前的时候，他们才重新带着阳光，带着钟声，带着那彩虹一般的颜色向我微笑迎来。

鸡 蛋 花

在香港的那几年，应该算是难民的身份，幼小的我，却从来不曾察觉。

父母把我们都送进了学校，我用刚刚学会的一点点广东话忙着在学校里交朋友，放学以后，就会有同学带着我到后山的树林里去玩，采酢浆草，或者采鸡蛋花。

那一棵鸡蛋花树就长在山坡上，树很高，枝叶很茂盛，我们爬到枝丫上稳稳地坐着，然后伸手摘取那些一朵一朵内黄外白的小花。花好像永远在开放，任我们怎样摘也摘不完，我的童年好像总是坐在那棵树上，坐在香香甜甜的花丛里。小手心里捧着的是后来终于都散失了的花朵，但是我到今天还记得和我一起爬过那棵树的朋友们的名字，她们有人叫做如霞、有人叫做雪梅、有人叫做碧璇。

过了好多年，我在台湾读了大学之后又出国读书，路过香港停留了两天，我就一个人跑到旧时的学校去。学校没有什么改变，有的老师竟然还记得我，只是操场变得很小，后山的树林原来也只不过是一小块长着杂树的山坡地而已。我在树丛间的小路上慢慢走着，终于看到了我的那一棵鸡蛋花树。

树好像也没有什么改变，仍然在开着香香甜甜的小白花，我微笑地抬头仰望，仿佛仍能看见当年那个小小的我坐在枝丫间。

枝丫间没有人影，树下却坐着一个静默的人直对着我瞪视，衣衫陈旧破烂，皮肤不知道是脏还是生了病，斑斑驳驳的，年纪大概只有三十岁上下，可是对着我瞪视的双眼却有着一种很奇怪的苍老神情。

　　直觉上我以为他是一个疯子，所以我转过身就跑起来了，原来一个人走在小路上那种怀旧的温柔心情都没有了，只觉得害怕，怕那个疯子会从我身后追过来。

　　然后我才突然醒觉，那个人不是疯子，他是难民，他是那种在大饥饿的逃亡浪潮中留下来的难民。

　　站在小路的尽头，我进退两难，不知道究竟应该怎样做才好。风轻柔地吹过来，山坡下仍然是那个温暖的人世，我犹疑了很久，最后还是往山下走去，没有再回头。

十 字 路 口

一个十五六岁的女孩子在十字路口等绿灯过马路，我就站在她对面的路口看着她，觉得很有趣。

刚刚在青春期的少女有种奇特的心理，只要一离开家门，她就会觉得街上每一个人都在注视着她。因此，为了保护自己，为了表示自己的毫不在意，她总是会把面容稍稍抬起，做出一副目不斜视无邪而又严肃的样子，尤其在少女孤单一人处在群众之中的时候更是如此。

看着她那样辛苦费力地慢慢走过马路，我不禁微笑了起来，天知道！整个十字路口的人群里，除了我以外还有谁在注意她？在这些为了生活匆忙奔波的人群里，有谁有时间站住了来细细端详一个青青涩涩的小女孩呢？

一个胖胖的中年妇人匆忙地越过了她，妇人的年龄也许刚过四十，也许只有三十五六岁，但是她的穿着和面容已经到了可以说毫无修饰、甚至毫不掩饰她的困顿与忙迫的地步，她是真正地被生活蹂躏到对任何事任何人都丝毫不再能在意的程度了。

妇人与少女都越走越远了，我仍然站在原地，想着时光怎样改变人的心和人的面貌，想着二十年的岁月可以有这样剧烈的改变、这样遥远的差异，不禁怅然。

台湾百合

　　我那一张五十号的油画《野生的百合花》在美术馆展出的时候，好几个朋友都来告诉我，说他们很喜欢我那种画法。

　　我想，也许是南横公路上特别肥美的那些花朵给我的影响吧。从来没有想到野生的百合能够长得那样硕大和挺秀，整片山坡上开满了洁白的花朵，风很大、草很长，而那些野生的花朵在湿润的云雾里散放着芳香。

　　土地里深藏着的是一种什么样的力量呢？是一种什么样的力量在我们周遭不顾一切地向上苗长？按时开花，按时结果，一次又一次地重复着生命里最美丽又最神奇的现象。

　　如果要用人工来经营花圃，别说是那一整座山峦了，即使只是一片小小的山坡，我们也总会有疏忽和无法克服的困难，总会有不能完全如意的地方。去看过欧洲好几个著名的花园，只觉得像是一块又一块笨拙的地毯。

　　但是每次走到山野里，竟然发现每一处都好像经过仔细安排却又好像随意地在生长。在每一种高度，每一个角落，都有应该长在那里的植物，仿佛每一种植物心里都明白他们该有的归属，而只要找对了土地，就会不顾一切地往上生长。

　　台湾百合也必然是极为聪明和极为努力的一种吧！

　　在四面有着蔚蓝海洋的岛上，在高高而又清凉的山上，有一种洁白的花朵终于找到了她自己的故乡。

争　夺

中午下了课，接到通知，下午四点正还要参加一个会议。

三点五十九分，我准时到了会场。

在整整两个钟头的时间里，我和其他的人一样聆听、发问和讨论，只是觉得特别的心平气和，并且常常控制不住那唇边的一抹笑意。

因为，在我快乐的心里藏着一个秘密，没有人知道我刚才去了那里。

我去了一趟海边，那个来回有一个钟头车程的海边，那个在初夏季节里特别清爽特别细致的海边。

有太阳，但是也有厚厚的云层，所以阳光刚刚能使我觉得暖和，刚刚能使海水在岩礁之间闪着碎亮的光；有风，但是也有好多高高的木麻黄，所以风吹过来时就添了一分温柔，吹过去的时候又多了一分转折。

细细的沙丘上丛生着藤蔓植物，低矮的绿叶间开着粉紫色的小花，我把鞋子脱了，赤足从温热的沙上走过。不是假日，海边空无一人，海浪的声音因而显得特别有节奏，沙丘也特别洁净特别细柔。我稍微计算了一下，大概有五十分钟的时间可以由我自己支配，于是，选了沙丘上背风的一面斜坡，懒懒地躺了下来，用一种散漫的心情，我在初夏的海边听风、听浪、听那远远的唱着歌的木麻黄。

然后，在五十分钟过去了以后，我就站了起来，拍拍裙子上的细沙，穿上鞋子，很快地走回车上，很快地重新回到尘世，重新和周遭的一切有了接触。

但是，在会议桌前，在聆听和询问之间，总会有几次恍惚的刹那，在那个时候，好像那海浪的声音、海水的颜色、海风的触摸仍然环绕着我，仍然温柔地跟随着我，使我不自禁地微笑了起来。

我的快乐不过只是因为在这天下午，向生命做了一次小小的争夺，夺回一些我原该享有却一直不能享有的生活。

栀 子 花

把花市逛了两圈，仍然空手而回。

我原来是想去买一株栀子花的，花市里也有不少盆栽的在展示，却都没有我想要的那一种。

我想要的那种栀子开起花来像大朵的玫瑰一样，重瓣的花朵圆润洁白地舒展着，整株开满的时候，你根本不可能从花前走开，也许终于下定决心离开它，可是在日里夜里那种香气那种形象就一直跟着你，根本没办法将它忘记。

也是因为这样，所以花市里的栀子都无法入选，不是太单薄就是太细小，没有一株能够让我停留。

我把我想要的那种栀子描述给花贩们听，有人说那种品种是有过，但是不容易找到。有人半信半疑。更有人说我一定看错了，世界上哪里会有那么大的栀子花。

而所有的花贩都劝我：

"算了！你找不到那种栀子的了！不如就买我眼前这一盆吧。你看！它不也开得挺好的，小一点又有什么关系呢？"

我微笑有礼地一一回绝了他们，走出花市，心里竟然有种空落落的感觉。

我想，如果不是曾经遇见过那样美丽的一棵花树，我也许会对眼前的这些都觉得很满意了。在生活里，做个妥协并且乐意接受劝告的人，也没有什么不好。

但是，有些深印在生命里的记忆，却是不容我随意增减，也不容我退让迁就的，哪怕只是一棵小小的花树。

唯　美

我不太喜欢别人说我是一个"唯美主义者"。

因为，在一般人对"唯美"的解释里，通常会带有一种逃避的意味。好像是如果有一个人常常只凭幻想来创作，或者他创作的东西与现实太不相合。我们在要原谅他的时候，就会替他找一些借口，譬如说他是个"唯美主义者"等等。

而我一直觉得，真正的唯美应该是从自然与真实出发，从生活里去寻找和发现一切美的经验，这样的唯美才是比较健康的。因为，这样的努力是一种自助，而不是一种自欺。

就是说，我们面对现实，并不逃避。我们知道一切的事相都是流变而且无法持久的，可是，我们要在这些零乱与流变的事相之下，找出那最纯真的一点东西，并且努力地把它们挑出来，留下来，记起来。

这样，就算世间所有的事物都逐渐地改变或者消失了，不管是我自己本身，或者是那些与我相对的物象，就算我们都在往逐渐改变与逐渐消失的路上走去了；但是，在这世间，毕竟有一些东西是不会改变、不会消失的。那些东西，那些无法很精确地描绘出来、无法给它一个很确切的名字的东西，就是一种永远的美、永远的希望、永远的信心，也就是我们生命存在与延续唯一的意义。

这也就是为什么，在九百年后，我们重读苏轼月夜泛舟的那一篇文章时，会有一种怅然而又美丽的心情的原因了。

我们明明知道那已是九百年前的事了，明明知道这中间有多少事物都永不会重回的了，可是却又感觉到那夜月色与今夜的并没有丝毫差别，那夜的赞叹与我们今夜的赞叹也没有丝毫差别；时光是飞驰而过了，然而，美的经验却从苏轼的心里，重新再完完整整地进入了我们的心中，并且久久不肯消逝。

这样的唯美，才是真正的唯美，也是我心向往之的境界。

篇三

给我一个岛

桐　花

四月廿四日

长长的路上，我正走向一脉绵延着的山冈。不知道何处可以停留，可以向他说出这十年二十年间种种无端的忧愁。林间洁净清新，山峦守口如瓶，没有人肯告诉我那即将要来临的盛放与凋零。

四月廿五日

长长的路上，我正走向一脉绵延着的山冈。在最起初，仿佛仍是一场极为平常的相遇，若不是心中有着贮藏已久的盼望，也许就会错过了在风里云里已经互相传告着的、那隐隐流动的讯息。

四月的风拂过，山峦沉稳，微笑地面对着我。在他怀里，随风翻飞的是深深浅浅的草叶，一色的枝柯。

我逐渐向山峦走近，只希望能够知道他此刻的心情。有模糊的低语穿过林间，在四月的末梢，生命正在酝酿着一种芳醇的变化，一种未能完全预知的骚动。

五月八日

在低低的呼唤声传过之后，整个世界就覆盖在雪白的花荫下了。

丽日当空，群山绵延，簇簇的白色花朵像一条流动的江河。仿佛世间所有的生命都应约前来，在这刹那里，在透明如醇蜜的阳光下，同时欢呼，同时飞旋，同时幻化成无数游离浮动的光点。

这样的一个开满了白花的下午，总觉得似曾相识，总觉得是一场可以放进任何一种时空里的聚合。可以放进诗经，可以放进楚辞，可以放进古典主义也同时可以放进后期印象派的笔端——在人类任何一段美丽的记载里，都应该有过这样的一个下午，这样的一季初夏。

总有这样的初夏，总有当空丽日，树丛高处是怒放的白花。总有穿着红衣的女子姗姗走过青绿的田间，微风带起她的衣裙和发梢，田野间种着新茶，开着蓼花，长着细细的酢浆草。

雪白的花荫与曲折的小径在诗里画里反复出现，所有的光影与所有的悲欢在前人枕边也分明梦见，今日为我盛开的花朵不知道是哪一个秋天里落下的种子？一生中所坚持的爱，难道早在千年前就已是书里写完了的故事？

五月的山峦终于动容，将我无限温柔地拥入怀中，我所渴盼的时刻终于来临，却发现，在他怀里，在幽深的林间，桐花一面盛开如锦，一面不停纷纷飘落。

五月十一日

难道生命在片刻欢聚之后真的只能剩下离散与凋零？

在转身的那一刹那，桐花正不断不断地落下。我心中紧系着的结扣慢慢松开，山峦就在我身旁，依着海潮依着月光，我俯首轻声向他道谢，感谢他给过我的每一个丽日与静夜。由此前去，只记得雪白的花荫下，有一条不容你走到尽头的小路，有这世间一切迟来的，却又偏要急急落幕的幸福。

五月十五日

桐花落尽，林中却仍留有花落时轻柔的声音。走回到长长的路上，不知道要向谁印证这一种乍喜乍悲的忧伤。

周遭无限沉寂冷漠，每一棵树木都退回到原来的角落。我回首依依向他注视，高峰已过，再走下去，就该是那苍苍茫茫，无牵也无挂的平路了吧？山峦静默无语，不肯再回答我。

在逐渐加深的暮色里，仿佛已忘记了花开时这山间曾有过怎样幼稚堪怜的激情。

我只好归来静待时光逝去，希望能像他一样也把这一切都逐渐忘记。可是，为什么，在漆黑的长夜里，仍听见无人的林间有桐花纷纷飘落的声音？为什么？繁花落尽，我心中仍留有花落的声音。

繁花落尽，我心中仍留有花落的声音，一朵、一朵，在无人的山间轻轻飘落。

　　　　　　　　　　　　　　　　　　一九八四年初夏结绳记事

眠 月 站

——有情所喜，是险所在，有情所怖，是苦所在，当行梵行，舍离于有。

——自说经难陀品世间经

1

从来没有想到会有这样寂静的山林。

从来也没有想到，会有这样寂静这样无所欲求的心情。

原来我们可以从流走的岁月里学到这么多的东西。

虽然时光不再！时光已不再！

2

是雨润烟浓的一天，森林中空有这两汪澄明如玉的潭水，空有这水中深深浅浅的倒影，空有这湿润沁凉的芳香。

而轻轻涌来的云雾使近在咫尺的山林也只能有着模糊的面容，一如那模糊的背影曾经怎样盘踞在我的心中。

3

小径的两旁漫生着野花，细致的草本是一些细致而又自足的灵魂。

为什么只有我们要苦苦地在书页里翻寻？

为什么只有我们要在暗夜里独自思索，思索那永不可知解的命运？

为什么我不能只是一株草本的花朵，随意漫生在多雾多雨的山坡？

4

　　为什么一定要来印证那已经改变了的心情？为什么一定要来探求那从来也没能留下的结论？

　　雾在林间流动，整座山峦都静卧在雾色之中，我在眠月站前停了下来。

　　苍老的火车站也在雾里。铁轨依旧，月台依旧，远处隐隐有汽笛声传来，那天下车的时候，曾经有过怎样慌乱的快乐啊！而时光不再！时光不再！

5

　　火车站寂寞地伫立在雾里，站旁被大火烧毁的废墟中有人又重新在起高楼，可是，那被时光所焚烧尽了的日子，也能重新回来吗？

　　在深夜的旅舍里，我一张又一张地检视着白日里写生的成绩，仿佛在一段冷酷而又安全的距离里省察着我心深处的思想，省察着那不断要从雾里云里山林里重新向我奔回的少年时光。

6

　　从来没有想到我能画出这样寂静的山林。

　　从来没有想到，我终于能够得到这样一种寂静而又无所欲求的心情。

　　古老的奥义书上是这样说的——显现与隐没都是从自我涌现出来的。所以，正如那希望与记忆一样，在我终于明白了的时刻，才发现，从你隐没的背影里显现出来的所有诗句，原来都是我自己心灵的言语。

所有的一切都来自领悟了的自我。

于是时光不再！时光终于不再！

飞　翔

有些诗写给昨日和明日，有些诗写给爱恋，有些诗写给从来未曾谋面，但是在日落之前也从来未曾放弃过的理想。

所以，我要请你，请你跟随着我的想象，（但是要在日落之前，要在黑暗现身之前啊！）想象在晨曦初上时，在澄蓝明净的天空里，所有可能和不可能的翱翔。

想象着一只白色的飞鸟，在展翼之前心里永远无法满足的渴望。（云山之外的世界呢？那个我从来不曾见过却永远也无法释怀的世界呢？）

多希望能振翅高飞，也许向东南，也许向西北，在令人屏息眩目的速度里，对着心里的影像寻去，也许，也许在日落之前终于能与他相会。

小小飞鸟所求的，其实也不过是一些小小的愿望，想知道山峦与河流真正的来处，想知道云雾之后是不是真有阳光，想知道那千林万径，是不是和自己所想象的果然相同，果然一样。

是不是，所有对理想的寻求，都要放在一双纯白的羽翼上？是不是，在每一个清晨的开始，我们都该有一双翅膀？（今天是不是终于能触摸到他的面容？终于能靠进他的怀中？而那温柔的微笑和泪水啊！远方的海洋上闪着一波又一波金色的浪。）

所以，我要请你，请你跟随着我的想象，当晨光初现，在每一个人的心里，都有一只白鸟轻轻飞起，几番徘徊犹疑，终于，在无垠的天空中选定了自己的方向。

在每一个清晨的开始，在每一个生命的开始，请让我们都拥有一双纯白的翅膀，让我们能在黑暗逐渐逼近的天空里，展开所有可能和不可能的飞翔。

独　白

1

　　把向你借来的笔还给你吧。

　　一切都发生在回首的刹那。

　　我的彻悟如果是缘自一种迷乱，那么，我的种种迷乱不也就只是因为一种彻悟？

　　在一回首间，才忽然发现，原来，我一生的种种努力，不过只为了要使周遭的人都对我满意而已。为了要博得他人的称许与微笑，我战战兢兢地将自己套入所有的模式、所有的桎梏。

　　走到中途，才忽然发现，我只剩下一副模糊的面目，和一条不能回头的路。

　　把向你借来的笔还给你吧。

2

　　把向你借来的笔还给你吧。

　　他们说，在这世间，一切都必须有一个结束。

　　不是所有的人都能知道时光的涵意，不是所有的人都懂得珍惜。太多的人喜欢把一切都分成段落，每一个段落都要斩钉截铁地宣告落幕。

　　而世间有多少无法落幕的盼望，有多少关注多少心思在幕落之后也不会休止。

　　我亲爱的朋友啊！只有极少数的人才会察觉，那生命里最深处的泉源永远不会停歇。这世间并没有分离与衰老的命运，只有肯爱与不肯去爱的心。

涌泉仍在，岁月却飞驰而去。

把向你借来的笔还给你吧。

3

把向你借来的笔还给你吧。

而在那高高的清凉的山上，所有的冷杉仍然都继续向上生长。

在那一夜，我曾走进山林，在月光下站立，悄悄说出，一些对生命的极为谦卑的憧憬。

那夜的山林都曾含泪聆听，聆听我简单而又美丽的心灵，却无法向我警告，那就在前面窥伺着的种种曲折变幻的命运。

目送着我逐渐远去，所有的冷杉都在风里试着向我挥手，知道在路的尽头，必将有怆然回顾的时候。

怆然回顾，只见烟云流动，满山郁绿苍蓝的树丛。

一切都结束在回首的刹那。

把向你借来的笔还给你吧。

镜里与镜外

好羡慕那一位远远地住在东部海岸的作家，喜欢他文字里那种深沉的单纯，能够住在自己亲手盖好的草屋里静听海洋的呼吸，该是一种怎样令人神往的幸福！

我为什么不能做到呢？

那样爱恋着海洋的我，为什么不能舍下眼前的一切，也跑到荒远的海边去过日子呢？

好羡慕那一位在说话的时候永远坚持着自己的原则，不怕得罪人，却因此也真的没有得罪了什么人的朋友。喜欢他言语里那种锋芒、那种近乎勇敢的公正，能够在众人之前畅所欲言并且知道自己的见解最后终于会被众人接受，那种胸怀有多爽朗啊！

我为什么不能做到呢？

我为什么讲话的时候总是有着顾虑，总以为别人不一定会同意我呢？

为什么，我不能做到我生命里面想要做到的那种人物？却只能在生活里随波逐流地扮演着一个连我自己也不太喜欢的角色呢？

在我的生命里有着一种声音，一种想呐喊的声音；一种渴望，一种想要在深莽的山野里奔跑的渴望。仰首向无穷尽的穹苍，向所有的星球膜拜，那样一种一发不可遏止的热泪奔流，一种终于可以痛哭的欢畅，在心里呼喊着：

"让我做我自己吧，让我这一生做一次我自己吧！"

然而，在心里这样呐喊着的我，在现实世界里，却仍然在努力地扮演着一个安静平凡的角色，努力走上一条安排好了的长路，努力不再茫然四顾。

努力变成一面冰冷的镜子，把我所有的生活都从中剖分，终于没有人能够说出谁是镜里谁是镜外，终于没有人，没有人能真正解我悲怀。

给我一个岛

你知道吗？在那个夏天的海洋上，我多希望能够像她一样，拥有一个小小的岛。

她的岛实在很小，小到每一个住在岛上的居民都不能不相识，不能不相知。

船本来已经离开码头，已经准备驶往另外一个更大的岛去了，但是，忽然之间，船头换了方向，又朝着小岛驶了回去。

我问她为什么？是出了什么事吗？

她微微一笑，指着把舵的少年说：

"不是啦，是他的哥哥有事找他。"

码头上并没有什么人，只看见远远的山路上，有辆摩托车正在往这边驶来。天很蓝，海很安静，我们也都静静地坐在甲板上等待着，等待着那越来越近的马达的声音。

果然，是少年的哥哥要他去马公带一些修船的零件回来，样品从码头上那双粗壮黝黑的手臂中抛出，轻缓而又准确地，被船上另一双同样粗壮黝黑的手臂接住了。没听到有人说谢谢，也没听到什么人说再见。只有船上的少年微微向岸上挥一下手，船就离开了。

回头望过去，小岛静静地躺在湛蓝的海上，在几丛毗邻的房屋之间，孩子们正在游戏追逐，用砧砣石砌成的屋墙听说可以支持一千年，灰色的石块在阳光下有一种令人觉得踏实和安稳的色泽。

再延伸过来，在岛的这一边，是连绵着的又细又白又温暖的沙滩，长长地一直伸到海里。天气很晴朗，海水因而几乎是透明的，从船边望下去，可以很清楚地看到海底的珊瑚礁。

我问她：

"这是你的家乡吗？"

"是我先生的，他是在这个岛上出生的。"

她的回答里有着一种不自觉的欢喜与自豪，让我不得不羡慕起她来。

船在海上慢慢地走着，在广阔的海洋上，船是多么自由啊！从小到大，一直喜欢坐船，喜欢那一种乘风破浪的欢畅，不论在哪里，往前走的船永远能给我一种欢乐和自由的感觉。

但是，我现在才明白，所有的欢乐和自由都必须要有一个据点，要有一个岛在心里，在扬帆出发的时候，知道自己随时可以回来，那样的旅程才会有真正的快乐。原来，自由的后面也要有一种不变的依恋，才能成为真正的自由。

我多希望，也能够有一个小小的岛，在这个岛上，有我熟悉的朋友，有我亲爱的家人。

我多希望，也能够有一个岛，在不变的海洋上等待着我。

不管我会在旅途上遭逢到什么样的挫折，不管我会在多么遥远的地方停留下来，不管我会在他乡停留多久，半生甚至一生！只要我心里知道，在不变的海洋上有一个不变的岛在等待着我，那么，这人世间一切的颠沛与艰难都是可以忍受并且可以克服的了。

你说，我的希望和要求算不算过分呢？

天真纯朴的心

快下课的时候，我要学生再看一次亨利·卢梭的那一张画，那张星光下的狮子和波希米亚女郎。

我问他们有什么感想，一个女孩子站起来回答我：

"老师，我觉得他是在告诉我们，不管这世界规定的法则是什么，像他画里这样温和平静的境界应该是可能会发生、可能会存在的。"

我微笑地面对着这个刚刚满了二十岁的女孩，心里觉得有许多的话想说出来。

她说得不错，在星光下沉睡的波希米亚女郎与狮子的邂逅似乎是不可能的，是要被所有自认有知识有理智的人嗤之以鼻的梦境。

可是，也有人能了解并且相信卢梭的世界，相信在那样的一个夜晚，在沙漠里，可以有那样的一场相遇。

在星光与月光之下，狮子轻嗅着身穿彩衣的流浪者，充满了好奇与关怀。宇宙间生物之中的关系除了为生存的厮杀之外，也可能并且可以发展到这样一种温和美丽的境界的。

艺术家在创作这样一张艺术品的时候，所怀抱的是怎样清朗柔美的心思啊！

奇怪的是，我们今天大家都能欣赏的在他画中所独具的美，却使艺术家在他自己的那个时代里受尽众人的奚落。大家都嘲笑他、戏弄他，甚至一起画画的友伴们也从来没有真心看待过他。

而卢梭却没有因此改变了他对自己的信心和对这个世界的热爱，在他的作品里，总满含着一种天真纯朴的特质，使人在看了他的画以后心里觉得温暖和踏实。

"天真纯朴"应该是一个真正的艺术家所必须具备的条件之一吧？不然，那样好、那样感动人的作品该怎样来解释呢？

前年夏天，当我在纽约现代美术馆里与"它"相对的时候，八九十年的时光已经静静地流过去了，可是，在画面上，卢梭想要告诉我们的那个世界却依然鲜活美丽。原来，如果你真的肯把生命放进去，所有的色彩和线条都会诚挚地帮你记录下来。

原来，如果你真的肯把生命放进去，这个世界也绝不会亏待你。

书 与 时 光
——写给栋栋

栋栋，我的朋友，你可还记得，二十岁时候的我们，是怎样读书的吗？

我们在二十岁的时候，读书不过是一种功课罢了。高兴起来，我们可以把老师的讲义和书里的字句整段地背诵下来，不高兴的时候，可以把每一张写过字的纸都拿来撕得粉碎；读书对我们来说，不过只是随着情绪来起伏，而且是一种在考试以后就可以完全忘记的事情罢了。

对你来说，是不是也是这样呢？

这几天屋前屋后的四株紫铃藤都在开花，紫色的花簇爬满了屋顶和檐间，甚至挂在莲雾树高高的枝丫上，远看过去，真像一串一串随风摇曳的铃铛。到了晚上，在我的窗外，充满了草叶拂动和虫鸣的声音，我的心里也充满了许多小小的惊喜与感动，想在灯下说给你听。

我想问你，我亲爱的朋友，在这世间，有没有对我们是太迟了的事呢？

如果，一个像我这样的妇人，到了今天，才开始领略到读书的快乐，算不算太晚了呢？

到了四十岁，再翻开书来，才发现，这书里的世界原来是一直存在着，可是却有了一种不太相同的面貌。在没有人要求我去背诵，也没有人要求我去强记的时候，书里的一切却反而都自自然然地走到我眼前来，与我似曾相识，却又一见倾心。

原来，在这二十年中，我们所有的遭逢，所有曾经使我们哭过、笑过也挣扎过的问题，这书里早就已经有了记载。奇怪的是，二十年前读它的时候并没有看见，二十年后再翻开它，却发现，在每一个段落里都有等在那里的惊奇和喜悦。

栋栋，我想，你该能了解我此刻的快乐了吧？

原来，这个世界一直是存在着的，也没有改变，只看我们想不想去重新认识它而已。

就好像重新去认识一个亲爱的朋友。一个从少年时就已经相识的朋友，要真正地相知，却要等到二十年后。要我们从生活中自己去观察与反省，自己去发掘与整理，自己去选择和判断，才能找到那个答案，才开始明白生命里种种不同的层次和不同的面貌。

心中的快乐是无法形容的了，就像这二十年时光里的努力也无法计算一样。知道心仍然是从前的那颗心，世界也仍然是从前的那个世界，可是中间多了一种无法形容计算的生活的累积，就会让我在翻开书页的时候，有了一种不同的温热与感动了。

栋栋，我的朋友，在这仲秋时节，在这深紫浅紫的花簇都开满了的时候，能够在手边有一本书，并且不为什么特别的目的而想时时去翻开它，实在是一种很奢侈的快乐啊！

现在的我，在读书的时候，不一定能够很准确地向你重述每一段落的字句，但是，却常常能够很清楚地明白作者为什么要写这一段落的用心。好像书里的脉络和人生的脉络都已经逐渐相融重叠了起来，在嬉闹的字句里其实藏着深沉的悲哀，而在冷酷与绝望的情节后面，所拥有的又是怎样热烈与不肯屈服的一颗心啊！

栋栋，我的朋友，请你告诉我，一个像我这样的妇人，到了今天，才开始从书里领略到一种比较丰富与从容的快乐，算不算太迟了呢？

会不会太迟了呢？

孤 独 的 树

在我二十二岁那年的夏天，我看见过一棵美丽的树。

那年夏天，在瑞士，我和诺拉玩得实在痛快。她是从爱尔兰来的金发女孩，我们一起在福莱堡大学的暑期法文班上课，到周末假日，两个人就去租两辆脚踏车漫山遍野地乱跑，附近的小城差不多都去过了。最喜欢的是把车子骑上坡顶之后，再顺着陡峭弯曲的公路往下滑行，我好喜欢那样一种令人屏息眩目的速度，两旁的树木直逼我们而来，迎面的风带着一种呼啸的声音，使我心里也不由得有了一种要呼啸的欲望。

夏日的山野清新而又迷人，每一个转角都会出现一种无法预料的美丽。

那一棵树就是在那种时刻里出现的。

刚转过一个急弯，在我们眼前，出现了一座不算太深的山谷，在对面的斜坡上，种了一大片的林木。

大概是一种有计划的栽种，整片斜坡上种满了一样的树，也许是日照很好，所以每一棵都长得枝叶青葱，亭亭如华盖，而在整片倾斜下去一直延伸到河谷草原上的绿色里面，唯独有一棵树和别的不同。

站在行列的前面，长满了一树金黄的叶片，一树绚烂的圆，在圆里又有着一层比一层还璀璨的光晕。它一定坚持了很久了，因为在树下的草地上，也已圆圆地铺上了一圈金黄色的落叶，我虽然站在山坡的对面，也仍然能够看到刚刚落下的那一片，和地上原有的碰在一起的时候，就觉得后者已经逐渐干枯褪色了。

天已近傍晚，四野的阴影逐渐加深，可是那一棵金黄色的树却好像反而更发出一种神秘的光芒。和它后面好几百棵同样形状、同样大小，但是却青翠逼人的树木比较起来，这一棵金色的树似乎更适合生长在这片山坡上，可是，因为自己的与众不同使它觉得很困窘，只好披着一身温暖细致而又有光泽的叶子，孤独地站在那里，带着一种不被了解的忧伤。

诺拉说："很晚了，我们回去吧。"

"可是，天还亮着呢。"我一面说，一面想走下河谷，我只要再走近一点，再仔细看一看那棵不一样的树。

但是，诺拉坚持要回去。在平日，她一直是个很随和的游伴，但是，在那个夏天的午后，她的口气却毫无商量余地。

于是，我终于没有走下河谷。

也许诺拉是对的，隔了这么多年，我再想起来，觉得也许她是对的。所有值得珍惜的美丽，都需要保持一种距离。如果那天我走近了那棵树，也许我会发现叶的破裂、树干的斑驳，因而减低了那第一眼的激赏。可是，我永远没走下河谷，（我这一生再无法回头，再无法在同一天、同一刹那，走下那个河谷再爬上那座山坡了。）于是，那棵树才能永远长在那里，虽然孤独，却保有了那一身璀璨的来自天上的金黄。

又有哪一种来自天上的宠遇，不会在这人世间觉得孤独的呢？

此　刻

我是在海边的岩石上忽然想起来的。

印度新德里的市郊，有一座佛寺，寺庙内的墙上画满了佛祖一生的事迹。

据说是位日本艺术家画的，他把佛祖的一生分别用好几个不同的"刹那"联结起来。

在墙边一个角落里，画着年轻的王子深夜起来，悄悄走出他的宫殿，站在门口回头再望一眼时的情景。

深垂的帐缦里，熟睡中的妻儿面容美丽而又安详，只有站在门边的王子是悲伤的，深黑的双眸之中充满了不舍与依恋。

我想，我也许能够明白佛祖在这一刹那间的心情。

我是在海边的岩石上忽然想起来的，安安静静地坐在三芝海边的岩岸上看落日的时候，我忽然想起了佛祖当年的那份不舍与依恋。

海边的落日在开始落得很慢，云霞在天空里不停地变幻出各种不同的颜色和面貌，我甚至会很乐观地觉得"来日方长"。

但是，当太阳真正要坠入大海的前一刻，当波浪变得透明并且镶嵌上细细的金边，当青白色的水鸟掠过红日的正前方，当那轮炽热的斜阳紧贴在水面上的那一段时间里，所谓韶光正以来不及计算的速度飞驰而过！

"刹那"的意思正是如此。

前一秒钟我们还有就在眼前的令人无法置信的美景，刹那之后，就什么证据也提不出来了。

"此刻"仿佛从来没有存在过。

但是，"此刻"又好像从来没有离开过。

依恋与不舍的关键就在这里。

因为，如果美景消逝之后，所有的感觉也都会跟着消逝的话，那也就没什么关系了。

问题是，在夕阳落下之后，我的心里还会永远留着刹那之前的景象，并且，在我的一生里，那景象会像海浪一样反复前来。

我想，佛祖是知道的，在抛弃了王子的身份与生活、抛弃了妻子与孩儿之后，他却永远没办法抛弃那一份生命里的记忆。他知道，在往后的日子里，尽管已经把从前的那颗心完全荒芜空置了，可是那夜的记忆，在毫不知情中熟睡的妻儿那安详美丽的面容将会反复前来，一如海潮反复扑上那荒无一人的沙岸。

而他会想起他们来。

我想，这也许就是佛祖为什么会那样悲伤的原因了吧。

我 的 抗 议

在唱片行买了一卷录音带①，回家以后很兴奋地叫孩子们都来听，因为里面有一首是内蒙草原的牧歌，我希望我的孩子也能听一听他们母亲故乡的声音。

这首牧歌原来只是一个非常简单的调子，当起首那悠长的高音从极弱的感觉慢慢增强的时候，我和孩子们都凝神屏息，仿佛真的置身在大漠的边缘上，听着一个古老的旋律从极远极远的地方在向我们召唤。可是，这样的感觉不过只持续了几个小节而已，然后，音乐一变，各式各样的乐器就都加了进来。有钢琴、小提琴，还有种种我根本分辨不出声音也叫不出名字来的乐器，曲调也变得非常复杂，仔细去听，原来那个主要的旋律还在反复出现，可是已经完全不一样了，我的故乡，我那极单纯极美丽的大漠里的声音整个被淹没了。

孩子们一起叫了起来：

"妈妈，他们怎么可以这样？"

我无词以对。

其实，仔细听下去，编曲的人真是用尽了心机，利用了各种乐器的特性来表现边塞的风光，极尽曲折婉转的能事。演奏的人也使出浑身解数，每一个音符后面都有几十年的功力罢，他们好像想合力塑造出一种比原来的曲调还要包含着更丰富层次的艺术品来。

---

① 录音带是日本货，上面夹杂的是日文和英文，所有歌曲的来处都语焉不详，心更悲切。

可是，他们所努力要得到的东西其实是一种最基本的错误！

乐评家可以用丰富、华丽、华美、雄伟、多彩或者任何种类好听的形容词来形容这一首经过改编后的草原牧歌。

可是我不承认，我不要，我要的是我原来那一首简单的歌。

在一望无际的草原上，一个人孤独地赶着羊群的时候，他要唱的那一首歌。

那样的一个旋律看似简单其实并不简单，那样的一首歌是从旷野上世代牧着羊的人心里生长出来的，一代传给一代，就像一棵树的种子一样，是有着渊源有着来处的。

所有最美最好的艺术品都是从人的心里自自然然生长出来的，没有任何人可以去改编去塑造的。

请那些要塑造艺术品的专家们去塑造交响乐或者协奏曲吧，所有有音乐修养的学者们啊！如果你们真要创作，我恳求你们去想一些新的调子，去听听你们自己心里的声音，去寻找一种真正的从心里生长出来的艺术品，那才是你们该负的责任，该走的路。

请你们不要碰我的牧歌，不要轻易毁损了一个民族那么多年所传下来的声音。

请让一首草原的牧歌留在那一望无际、空旷和单纯的草原上。

请把那样的艺术品还给我。

寒　夜

初寒的夜晚，在乡间曲折的道路上，我加速疾驰。

车窗外芒草萋萋一路绵延，车窗内热泪开始无声地滴落，我只有加速疾驰。

车与人仿佛已成了一体，夹道的树影迎面扑来，我屏息地操纵着方向和速度。左转、右转、上坡、下坡，然后再一个急弯；刹车使轮胎在地面上发出刺耳的摩擦声，路边的灌木丛从车身旁擦刮而过，夜很黑很暗；这些我都不惧怕，我都还可以应付，可是我却无法操纵我的人生。

我甚至无法操纵我今夜的心情。

热切的渴望与冰冷的意志在做着永无休止的争执，这短短的一生里，为什么总是要重复地做着伤害别人和伤害自己的决定呢？

难道真有一个我无法理解和无法抗拒的世界？真有一段我无法形容和无法澄清的章节？真有一座樊笼可以将我牢牢困住？真有一种块垒是怎样也无法消除？

而那些亲爱的名字呢？

那些温柔的顾盼和热烈的呼唤，是已经过去了还是从来也不曾来过呢？那些长长的夏季，是真的曾经属于我还是只是一种虚幻的记忆呢？生命里一切的挣扎与努力，到底是我该做的还是不该做的呢？

在这短短的一生里，所有的牵绊与爱恋并不像传说中的故事那样脉络分明，也没有可以编成剧本的起伏与高低。整个人生，只是一种平淡却命定的矛盾，在软弱的笑容后面藏着的，其实是一颗含泪而又坚决的心啊！

而那些亲爱的名字呢？

那些生命里恍惚的时光，那些极美却极易碎的景象真的只能放在书页里吗？在我眼前逐日逐夜过去，令我束手无策的，就是这似甜美却又悲凉、似圆满却又落寞的人生吗？

而在生命的沙滩上，曾经有过多少次令人窒息晕眩的浪啊！在激情的夜里曾经怎样舒展转侧的灵魂与躯体，终于也只能被时光逐日逐夜冲洗成一具枯干苍白的骸骨而已。（——在骸骨的世界里有没有风呢？有没有在清晨的微光里还模糊记得的梦？）

生命真正要送给我们的礼物，到底是一种开始，还是一种结束呢？

在初寒的夜里，车灯前只有摇曳的芒草，没人能给我任何满意的回答。在乡间曲折的长路上，我唯一能做的事，只有加速向前疾驰。

夜很黑很暗，在疾驰的车中，没人能察觉出我的不安。

开　端

依格尔，总会想起你来。

今天晚上，我又开始画一张新画。

巨大的空白画布已经钉好，并且放在画架上了，调色板上已经挤好了颜料，油是新换的，笔是干净而又整齐的一大把，画室里灯光明亮，落地窗外有秋天的山，有一山的相思树，更远更远的地方，我知道是那黑暗和安静的海洋。

一切都已准备就绪。

而我却迟迟不能提笔，注视着那一大片空白，仿佛生命中许多美丽的开端又重新前来。

　　——每一个开端都充满了憧憬
　　并且易于承诺　易于相信

只要我不提笔，一切本来好像都是可能的。我心中有许多光辉灿烂的画面，在下笔之前，好像应该都可以实现。

只要我不开始，希望就会永远在那里，所有的理想和梦境都可以安然无恙。

在我眼前那一大片空白上，我几乎已经看见了那一幅在我心里准备好了的画面，色泽斑斓、光影交错，甚至连许多细节也都已经清清楚楚地安置好了。

只要我不提笔，我原本可以是个充满了信心的创作者。

但是，一旦开始，当第一笔的颜料涂抹上去之后，我就会发现，事实的真相距离我的梦想将只会越来越远。

而所有的故事都总得要有一个开始。

依格尔，请你原谅我。

你要知道，此刻我努力涂抹着的种种并非我的本意。我确实是很努力，但是，终此一生，我的手既不可能完全描摹我所看见的，我的笔更不可能完全表达我所盼望的。

依格尔，你应该知道，有多少美丽的颜色和线条禁锢在我的心里，这一生都将找不到适当的时刻把它们释放出来。

依格尔，总会想起你来，尤其是在一张空白完美的画布之前。

而你也应该知道，最后，当我终于不得不提起笔来的时候，也就是我要向你道别的时候了。

别了！依格尔。

雾　里

我仿佛走在雾里。

我知道在我周遭是一个无边无际辽阔深远的世界，可是我总是没有办法看到它的全貌，除了就在我眼前的小小角落以外，其他的就都只能隐约感觉出一些模糊的轮廓了。

我有点害怕，也有点迟疑，但是也实实在在地觉得欢喜，因为，我知道，我正在逐渐往前走去。

因为，在我前面，在我一时还无法触及的前方，总会有呼声远远传来。那是好些人从好些不同角落传来的声音，是一种充满了欢喜与赞叹的声音，仿佛在告诉我，那前面的世界，那个就在我前面可是我此刻却还无法看到的世界，在每一个峰回路转的地方，有着怎样令人目眩神迷不得不惊呼起来的美景啊！

我羡慕那些声音，也感激那些正在欢呼的心灵，是他们在带引和鼓励我逐渐往前走去。当然，因为是在雾里，也因为路途上种种的迟疑，使我不一定能够到达他们曾经站立、曾经欢呼感动过的地方。在我的一生里，也许永远都冲不破这层浓雾，也许永远都找不到可以通往他们那种境界里的路途，但是，因为他们看见过了，并且在欢呼声里远远传告给我了，我就相信了他们，同时也跟随着他们相信了这个世界。

·

雾里有很多不同的声音。

这个世界也有很多不同的面貌和不同的命运。

我想，生命里最吸引人的地方就在它的不同和它的相同，这是怎样的一种无法分离的矛盾！

我知道在我周遭的人都和我完全不同。不管是肤色种族，还是浮沉境遇，从极大的时间空间到极小的一根手指头上的指纹，都无法完全相同，每一个人都是一个绝对分离绝不相同的个体。

可是，我又知道在我周遭的人都和我完全相同。我们在欢喜的时候都会微笑，在悲伤的时候都会哭泣，在软弱的时候都渴望能得到慰藉。我们都深爱自己幼小的子女，喜欢盛开的生命，远离故土的时候都会带着那时深时浅的乡愁。

因此，在那些远远传来的声音里，总有些什么会触动了我们，使我们在一刹那里静止屏息，恍如遇到了千年中苦苦寻求的知己。

在那如醉似痴的刹那，我们心中汹涌翻腾的浪涛也会不自觉地向四周扩散，在雾里，逐渐变成一片细碎的远远散去的波光。波光远远散去，千里之外，也总会被一两个人看见而因此发出一两声轻轻的叹息吧？而那叹息的回音也许还会在更远更远的山谷里起了更轻微的回响吧？

如果真有一个人是超越这一切的，如果真有人能够看到每一种思想每一段历史的来龙去脉，那该是怎样迂回转折、细密繁复的图像呢？

这个世界好大啊！路这样长，生命这样短暂，浓雾又这样久久不肯散去，那么，要怎样才能告诉你，我已经来过了呢？

要怎样才能告诉你，我的极长又极短的一生里种种无法舍弃的贪恋与欢爱呢？

我并不清楚我在做的是什么，可是，我又隐约地觉得，我想要做的是什么，而在这一刻，一切非得要这么做不可！

这就是我在多雾的转角处忽然停留了一会儿的原因了。心里有些话，想说出来。也许不一定是为了告诉你，也许有些话只是为了告诉自己。在模糊而彷徨的思绪里找到一根线索，赶快吧！赶快把它抽出来、记起来，想办法用自己以后可以明白的字句把它形容出来，然后才可能变成一个具体的形象，才可能把它留在那个多雾的转角，才可能在一定的距离之外，仔细地观望察看。才发现，原来真正的我竟然是藏在这样陌生的形象里面，不禁在莞尔之时流下了泪水。

然后，才能转身继续向前走去。留在身后越来越浓的雾色里的那些作品，当然是我为了生命里某一个转折而留下的纪念，那里面当然有我留下的诚挚的心，可是，在你看到的时候，它已经不能完全代表我了。

因为，你与我再怎样相同，也不能完全看懂我的心。更何况，在我往前走去的时候，我也在雾里逐渐改变了自己的面貌，我也不再能是更不再愿意是那从前的我了。唯一能让你辨识出来并且在忽然间把我想起的，可能也只有那些从远远的角落里传来的，似曾相识充满了欢喜与赞叹的声音了吧？

对你来说，我是来过了，而只有我自己才知道，那一个我，并不是完完全全的我。

因为，此刻的我，又已在千山之外了。

篇四

此生·此世·此时

回　音

　　站在湍急的流水前，向着对岸的山谷，我一次又一次地高声呼唤，为的是想要聆听，那婉转而又遥远的回音。

　　那种比我原来的呼唤要美丽上千百倍的声音。

　　是不是也正因为如此，记忆中的一切演出，才总会完美得令我们落泪？

　　不知道这样算是生命给我们的惩罚呢，还是奖赏？

　　在时光的幽谷中，不断反复回响着的，是你我心中无数次呼唤的回音吧。

　　一次比一次微弱，一次比一次遥远，却又一次比一次地更让人诧异。

　　原来曾经是多么粗糙和狂烈的音质，时光如何能将它修饰得这样精致和优雅？

　　像这样的行为，可以说是欺骗吗？

　　在真正的深谷里，潭水的水色碧青，好像是假的一样。

　　在真正的爱里，说出来的话也永远令人无法置信。

　　真实的现场，我们总是无法接受。

　　唯一的方法是将它放进历史之中。

或者是——写在诗里，画在画上。

德尔浮（P. Delvaux）就真的画过"回音"。

月光下，裸身的女子举起手来，仿佛有所追寻，同样的人体、同样惶惑的姿势重复了三次，一次比一次稍稍缩小，一次比一次稍稍退后。

在画前，我几乎想开始大声呼唤。

当然，没有人会准许我这样做。

甚至我自己也不同意。

于是，我只能在夜里，在我的灯下安静等待。

等待那遥远的声音，从时光的幽谷中向我轻轻传送回来。

躯　壳

　　车子在高速的道路上疾驶。是秋天的夜晚，远处城市灯火一盏盏早已相继点燃，眼前的山林在车灯范围之外却都是漆黑的。在这些黑暗的山峦与林木之间，车子悄然往前滑行，车速逐渐加快，我整个人跟着那增加的速度，仿佛也一寸一寸地逐渐变得透明了起来。

　　依格尔，你在哪里？

　　我似乎能够穿越这片黑暗，穿越远处那一城的灯火，甚至可以逐渐往上飞升，穿越那整个的星空，可是，为什么？为什么我却怎样也穿越不过丛生在我心中的那片荆棘？

　　依格尔，你在哪里？

　　众多的灵魂一如沙岸上众多的卵石与贝壳，随着海浪不断地淘洗，所有多余的杂质与浮表都将消失，最后剩下的才是那些最坚实的本质，一如那支撑了我们一生却始终藏在血肉最深处的骨干。

　　在年轻的时候，因为生命才刚刚开始成长，看不出有什么分别，几乎没有什么标准可以让我们来分辨人与人之间的异同。于是，那些外表光滑美丽的、或者位置刚好放在耀眼地方的就会得到所有的注意与羡慕。

　　但是，时光逐渐过去，我们逐渐希望生命里能有一个主题，有一种强烈的个性。那样的灵魂才能寄托我们一生的需索，我们最终的爱。

　　可是，荆棘已丛生，依格尔，你在哪里？

　　要在怎样的过程里，才能说是历练而不是被扭曲变形？要在怎么样的焚烧之后，才能向你证明我原本也有一颗坚持的心？

　　要在什么时候，才能将躯壳转为完全透明，将荆棘拔去，然后向上飞越过所有的山林，在任何一条河流中也不留下一丝倒影？

　　在这个秋天的夜晚，在澄澈的星空中，你可曾听到山风正在将我的呼唤四处扩散？

　　依格尔，你在哪里？

意 象 的 暗 记

如果那些埋伏在字句间而又呼之欲出的意象是一首诗的生命，那么，在我们真正的生命里，那些平日暗暗牵连纠缠却又会在某一瞬间铮然闪现的记忆，是不是在本质上就已经成为一首诗？

阿诺，如果你此刻对我说出一两个字，带着一种模糊的期望与象征，我的心中就会涌现出一些画面，仿佛是生命对某些呼唤的回应。

如果你说"海边"，我也许会先想起那些排列连绵郁然成林的木麻黄，如果你说"初夏"，我也许会先想起那些在高高的山上生长着的冷杉。

如果你说"理想"，我就会先想到那些百合花。

阿诺，你相不相信在我们的心里有许多不能预知却又像早已经约好了的暗记？

年轻的时候不能明白其中的关联。

在我的生命里盛放过的百合，每次相遇，总在惊叹爱慕的同时，每次却又都使我心中疼痛，手足无措。

年轻的时候不知道要怎样解释那种心情。在微微有些倾斜洒满了青绿光影的山坡上，独自面对着那些孤单而又洁白的花朵，总觉得有种疼惜的感觉满满地塞在胸臆间，又好像还掺杂着一种不安与歉疚。

到今天才有点懂了。当我面对着一个充满了理想的可敬的朋友、一个有着丰沛才情却拙于世故的艺术家，或者是面对着一个有着无限憧憬与热情的年轻学生时，我就会一如面对着一朵百合花。

不安是因为我知道这世界绝不如百合在逐渐开放时所盼望的那样美

好，歉疚是替这个沉沦着的世界向百合致歉，疼惜却是为了花朵那样无邪的洁白和坚持啊！

　　阿诺，人生一世，从"理想"转换到"存活"之间，要经过多少次的战役呢？在这些或是与自我或是与他人的争战里，其实从来没有获胜者。每个人都是不断地退却、不断地妥协、不断地舍弃，唯一的收获也许就是那些个过去了的夏天的记忆了。阿诺，如果有人曾经与我们分享过一个夏季，我们的记忆就会在生命里互相呼唤。

　　阿诺，你相不相信？在我们的心中有许多不能预知却又像早就已经约好了的暗记？

　　多年之后，阿诺，如果我在一片遥远的旷野上呼唤你，你会不会如约前来？带着我们年轻时洁白无邪的胸怀、带着长路上淡淡的星光，和只有到了中年的此刻，才能开始体会到的孤寂与苍茫？

　　如果我们曾经怀着相同的理想并肩前行过一段岁月，到了最后，是不是会在彼此的记忆中植满百合？

昨　日

有些词汇在从书本上学过一次之后，还要从生命里再学一次。

二十年前，我和诺拉同游过一个暑假。

我们两个人，分别来自中国和爱尔兰，有一天，在瑞士山间起伏的山道上骑了好几个钟头的车子之后，终于精疲力竭地倒在一处小湖的湖边。

夏日的正午，湖边杂花生树，草丛间也挺生着金黄和淡紫色的野花，周遭静极了，只有我们两个人的声音。我还听得见蜂蝇小虫翅翼的振动，闻得到空气里满满的花香与草香，透过一层棉布衣裙，我灼热的流着汗的肌肤感觉到身下青草的弹性和微微的刺痒，还有更底下的土地的坚实和那逐渐传上来的阴凉。诺拉就躺在我身边，金发蓬松几乎触及我的面颊，她正高举着双臂来遮挡炫目的阳光，手臂上的汗毛也因为逆光而全都变成了透明发亮细细的金线。

"日子多好啊！"我们两个人几乎是同时发出了这样的赞叹，然后再为了这个巧合又一起大笑了起来。这实在是我们最自由最没有负担的时光了，生命仿佛自觉一切都刚刚准备好，而一切又都还没有正式开始。

那天夜里，回到寄宿的弗莱堡一所修道院的小房间，上床之前，忍不住再推窗外望，窗外层层山峦只剩下黑色的剪影，想着白天去过的那处山间的小湖应该也已经完全在黑暗里了。不论是湖水还是湖边的花树，不论在正午时分，在透明发亮跃动着的光线里，曾经怎样金黄怎样蓝紫怎样粉白又怎样翠绿的世界此刻都已经进入了极深极暗的夜色中。而等到黎明，等到破晓，等到那些光点与色彩再重新开始苏醒之后，我和诺拉在湖边说过的话、感觉过的快乐也就不得不从此成为昨日的事了。

那天夜里，在有着许多回廊的古老修道院的窗前，年轻的我好像听见有人在一页一页地翻动着书页的声音，不觉起了一阵轻微的寒战，开始明白了"昨日"这两个字真正的意思。

"古典主义"

发现自己竟然是个不折不扣的"古典主义"者。

说的和想的，竟然和两千年前的罗马人没有什么差别。

对这样的发现觉得很失望。可是，问题是，这个"自己"也一直没有受过别种的教育。

知道自己不断在追寻着一些什么。

知道得很清楚的是"追寻"本身，和这行动所带给我的种种困扰。

不知道的却是"追寻"的目的。

这世间有些什么东西是我非要追寻到手不可的呢？

还是说，也许就是因为这样，你才一直把远景定在一种朦胧的距离之外？

你不说出结果，是因为你知道不可说？

你不让我说出来，是因为——

其实你早已经知道所有的结果？

我们正依恋着那极不可依恋的一切。

可是，我其实并不需要为自己的这种依恋觉得羞惭，更不必为自己的不舍觉得抱歉。这人世，这此刻正在蓬勃茁长着的生命，是有着多么强大的力量！多么强烈的诱惑啊！

我向你保证，生命里确实可以见到美景，确实可以发现，自己正处身在那极为甘美的一刻。

问题只是，你对于"甘美"的标准，永远和我的不同。

早上起来，水很清凉，用双手接了泼在脸上，掌心里忽然感觉到自己皮肤的细嫩和柔滑。

在此刻，温暖有弹性的皮肤和清凉活泼的水是上苍的恩典，却是常常被匆忙的我所忽略了的一切。

于是，在这天清晨，我慎重地洗我的脸，仿佛明白这是一种从远古时代里传下来的仪式。

因为，就在同时，我也触摸到了那坚硬的骨层，就在薄薄的、温暖而又有弹性的肌肤之下。

我们一生要用多少时间来使自己的外表变得洁净，再要用多少时间来使自己的内在变得美丽。

我们不断吸收、学习、修正，努力使自己能够达到心中所企望的标准。

然后再坐视这一切慢慢消逝、逐渐还原。

可是，在整个过程里，我们依旧会忍不住地为一些遭逢激动起来。

生命里有一种力量会让我们痴狂。

而我们现代人的痴狂，和两千年前的罗马人的，又有什么不一样？

山 芙 蓉

上个星期来的时候，原来是想着行李越轻便越好走路，所以只在背包里放了一本速写簿和两支铅笔，想不到，在秋天的深山里，竟然到处都是高大的山芙蓉。

野生的花树粗犷而又妩媚，给人一种很奇妙的感觉。

疏朗的枝干直直向上生长再向四周分叉，枝丫层叠间仿佛毫无顾忌、毫无章法，灰绿的叶茎上长满绒毛，如果在不开花的季节遇到，不过是些一无可观的杂树而已。

但是，当花苞密集丛生在枝头，当薄薄的花瓣逐朵回旋开展，颜色从纯白到浅粉到淡红，单瓣的山芙蓉仿佛在秋日的山间演出了一场又一场飘忽的梦境，让经过的旅人好像也不得不心中飘忽起来。

而我偏偏只带了两支铅笔。

当然，还是在树下努力画了一些速写，下了决心，这个星期还要再来。并且为了怕自己一如往常地对自己失信，在台北下机的时候，就直接又跑到航空公司的柜台前，再买了去花莲的飞机票。

一个星期过去了，在出发的前夜，往行李包里放东西的时候，孩子问我：

"怎么才回来几天，又要走？"

我声音放得很软地向他们解释：

"怕花会谢，所以赶着再去一次。"

孩子不说什么地走开了，我又放了一本水彩纸进画袋，无论如何，这次一定要多画几张。

再进到山里，花朵果然已经凋谢了不少，好在还有许多棵迟开的，依然可以入画。

山上天气晴朗，每一片叶子好像都是透明发亮的。有人带着孩子上山，一边走一边还唱着歌，小女儿有些落后了，在经过我的身旁时娇声地呼唤着她的父母：

"你们走慢一点嘛！妈咪，等等我嘛！"

我的热情忽然冷了下来。在我眼前，山芙蓉的颜色再也没有第一次看到时那样地诱人了，花间仿佛处处有我孩子寂寞的面容。

提早一天回到台北，孩子们看到我的那一刻确实很快乐，晚餐桌上，每个人都说了很多话。

然后，依旧是各人回到各人的书桌前，做那些永远都做不完的功课，到了上床前互道晚安的时候，女儿才忽然说了一句：

"妈妈，我们还是喜欢有你在家。"

我一面微笑着拥抱我的孩子，一面好像看到那满山野生的花树，在无人经过的山路间，纷纷地开了，又纷纷地落下。

绿水·天祥

因为美，我们便可以继续前去——

蒋　勋

学生跑过来对我轻声要求：

"老师，我们想走路回去。"

我第一个直觉的反应是要说不可以。也许是城市里养成的习惯，总觉得走夜路是一件危险的事。更何况我们这群人已经在山里上上下下奔跑了一整天了，眼前又有现成的车子在等着，为什么还要和自己过不去，非要让可怜的双脚再走上好几里路呢？

可是，在车灯的光晕之下，群山环伺，周遭的夜色似乎有种奇特的魅力，我有点明白学生的意思了，心里一动，我说：

"好哇！我跟你们一起走。"

蒋老师也欣然前来参加，七八个人聚合在一起，向车中的伙伴们挥手示意了之后，就开始静静地从太鲁阁公园的绿水站走回天祥。

山中的夜，不知道该怎样来分辨出早晚，只好从移动的月光来推测出大概的时辰。

月已到中天，风很清凉，白云在暗黑的远山上堆砌出像古典素描里一样多层次的柔和光影，近处是千尺峭壁，立雾溪在脚下深不可测的石滩上潺潺流过。

走着走着，好像刚才的困倦疲累都已经离开了，在四月的夜晚里，在东台湾的山中，我们好像变成了一个全新的人。

好奇怪的感觉！在这样一个云淡风轻的夜晚里，在这样一座郁郁苍苍的峡谷中，我们好像变成了一个全新的人，眼睛和耳朵都有了与平日完全不同的用途，感觉与心思也因此而完全不一样了。

然后我才想起来，这条路我是认得的。

我忽然想起来，这条路就是我那年走的同一条路。

在我年轻的时候，在我比身旁的学生都还要年轻的时候，也是和同学一起来旅行写生，也是住在天祥，也是在傍晚时分来到绿水，然后再在月亮底下从绿水慢慢走回去。

当然，那时候的绿水只是一个小小的招呼站，那时候的天祥青年活动中心只是一幢简陋的房舍，那时候山中所有的建筑都还是极度的平和与谦卑，东西横贯公路才刚刚通车，山中人烟稀少，而那一个晚上，山路上的云影和月光就和今夜的一模一样。

还有那种奇怪的感觉，那种久违了的却又极为亲切的感觉，好像是只有在山水里才能够寻到的激动与平安，只有在大自然里才能够真正享有的欢喜与自由，都在此刻交错重叠着出现了。

我很想说话，哪怕是词不达意的句子也可以，我只是想把心里的感觉说出来，但是，刚好在这个时候，我们走进了一处暗黑的隧道。

因为黑暗，所以隧道显得特别的长，因为害怕，所以我们自然紧靠在一起。我把手插进身旁女孩子的臂弯里，在薄薄一层的毛线衣底下，她的臂膀瘦削却又坚实。极目望去，前面黑得不能再黑，什么都看不见，而因为看不见，就觉得听觉与触觉都敏锐得膨胀了起来，那颗心也仿佛从身体里腾空而起，在暗黑的隧道中四处游离，脚是往前踏着的，却没有丝毫意义。

　　身旁的女孩子安安静静地走着，直到远处终于透出一点光亮就快乐地叫了起来。在黑暗里原来好像长得再怎样走也走不完的路，因为远处洞口那一线月光，距离就变得非常明确了。其实，我们在那一刻仍然是走在黑暗里，周遭的一切仍然和刚才一样神秘，路仍然和刚才一样长，就只因为有了极远处那片光亮的美景，每个人的行动都有了方向，脚步都变得比较稳定，而所有游离的心都因此回到了原来的地方。

　　蒋老师在我们身后唱起歌来，那声音在山壁间起了隐约的回响，学生也跟着轻轻唱和。月光越来越亮，终于走出了隧道，水声与风声同时抢着出现，我转头看他们，年轻的脸庞上有种神情在月光下似曾相识。

　　我把原来要说的话收了起来。我想，也许一切的话语在这一刻里都显得多余，就让他们这样走下去吧。

　　就让他们安安静静地走下去吧，这样的一个夜晚大概是不会有人忘记的了。而在许多许多年之后，当他们之中，有些人再带着年轻的学生，再来走上这一条路的时候，这一个夜晚里所有的记忆都将会和整条路上的云影月光风声水语再次交错重叠在一起。

　　在那个时候，他们要说的话，应该就是我在此刻原来想要说出来的那同样的一句吧。

山草小住

父亲从德国回来开会，这次住在我们家的时间并不多，刚好有几天好天气，我就央求他到山上来看看我的画和画室，顺便也在附近走一走。

秋天的近午时分，山上的风景还真不错，我们父女两个并肩走了不少的路，来到了一处三岔路口。

刚刚走上来的那个山坡有点陡峭，我怕父亲会累，就嚷着说我走不动了，要在树荫底下先歇一歇再说。

父亲依了我，我们两人就在植满柏树的苗圃旁边停了下来，柏树长得很高大，阴影里充满了清香。

对面的树林前有块小小的空地，竖着一根路标，顶端有三块小牌子分别指着三个不同的方向，父亲说：

"多好的名字！多好的地方！山草小住……"

我顺着父亲的眼光看过去，不禁大笑了起来，我说：

"不是啊！爸爸，那块牌子上写的是'往小草山'啊！"

父亲也笑了，他微微地叹口气：

"唉！看反了。可是，如果能照我原来想的那么念的话，还真是个好名字哩！"

我抬头望向父亲，不禁有些歉疚，我总是那个爱扫兴的女儿，虽然是父亲看错了，可是我又何必那么急着忙着要去订正呢？

心里忽然有了个念头，就说了出来：

"那就把这个名字给我的画室吧。不是常有人给自己的书房和画室取个什么居什么舍的？那么，从今天起，我就把我画画的地方叫做‘山草小住’，好不好？”

父亲笑了笑，也没说什么就往前走去。风从山路上吹过，路旁的芒草都低下了腰，起起伏伏的。在三条小路间，我们走上的这条好像是两旁的芒草长得特别密，我很想问父亲，在我们的草原上，风吹过的时候是不是就像这个样子？

刚要开口，马上就止住了。因为，难得父亲有这样好的兴致，我这句话一问，不是又要扫一次兴了吗？

我们父女两个就静静地往前走着，在路的拐角处，我再回头望一眼刚才经过的那个三岔路口，就在那根路标底下，有三条不同的路，指向三个不同的方向，秋天的太阳光灿灿的，每条路看起来好像都会带我们走向一个很美的地方。

可是，在人生的三岔路口上呢？

本　分

　　一位朋友来到我山上的画室。看过了我的油画和一些植物速写之后，我们就出门循着小路往更高的山林间走去。

　　那天是个闷热的天气，就是在山中也没有凉风。朋友走得很快，一路上不断诉说着他对这个社会种种制度的不平，担心着这个岛屿的前途，并且劝我应该努力去争取一切发言的机会。

　　我跟着他的步伐一路走上去，天气好热，汗一直往外冒。前面不远的地方刚好有一处比较深的林子，我提议就在这片林荫里歇一下，朋友是跟着我站住了，但是他的眼睛望着远处，话语并没有停顿与转换，依旧是对着整个社会，对着整个世界。

　　我心中有一些模糊的不安。他是我仰慕已久却才刚刚开始认识的朋友，我敬佩他那一针见血的说理和凛然的情怀，可是，我不知道该要怎样向他说出我的感觉，只好试着去问他：

　　"可是，你不是说每个人都该要认清楚自己的本分吗？如果我好好用功，把这个岛上美丽的植物都画了出来，不也就是尽了我的本分了吗？"

　　"不算！这样还不够！"

　　朋友斩钉截铁地回答了我，然后就转身开始向来路走了回去。

　　站在他身后，我心中像被撞击了一样地疼痛，我想，他应该是对的。就追着跑了几步赶上了他，朋友继续对我说话，我静静聆听，没有再问任何问题。

　　在以后的一段日子里，我不断地想起他来，和他所说的那些话。我知道他是对的，这样美丽的一座岛屿正在日渐销蚀败坏，他的心里充满着焦虑和热爱，我应该努力去试着像他所期望的那样去做。

不过，我有点明白我们之间的问题在哪里了。

朋友很知道他自己的目标，也确信该要走哪一条路才能到达那个目标，但是，可惜的是，他因此而不再去注意，也不想承认这世上还有任何其他的路途了。

其实，要这个岛屿能够存活下去，当然需要有许多像他这样据理力争的智者，可是，是不是也可以容许一些其他的人用别种不同的方法呢？

爱这块土地的心应该都是一样的。宽的路和窄的路都引申向那同一处目的地。而且，无论是哪一种方法、哪一条道路，都要花上一个人整整一生的时间与力气的啊！

我多希望他能够同意。

驿　　站

　　昨天晚上，我又回到山上的那间画室去了。

　　屋子已经换了主人，我只能站在墙外，借着脚下几块大石头的帮助，斜靠着墙头去探看院子里的风景。

　　风景几乎没有什么改变。荒芜的院落里依旧种着半园菜蔬，屋子里亮着灯，灯光依旧斜斜地铺在廊外的土地上。这块在院子中间长着杂草的土地好像比从前更加空旷了，我想，也许是因为少了那六缸荷花的缘故吧。

　　那六缸荷花原来是在石门乡间种下的，几番开落之后，又被我移到阳明山上这一处偏冷的院子里，想不到夏天来时，也竟然都大朵大朵地开了起来。

　　那些个夏天的夜晚，画累了，我就常常会从屋子里走出来，坐到石砌的墙头上往山下望去，整个台北平原几乎都在我眼底，那无限灿亮而又密集的灯火不断闪烁颤动，远远望去，好像是一种无法控制的生命的律动。而在我身边这黑暗的山间，盛开的荷花在小小的院落里互相依傍静静站立，仿佛也在倾听着什么。夜晚微凉的空气中，飘浮着模糊的花香。

　　我一直很喜欢这个画室。可惜因为房屋太老旧，许多地方一定要重新改建才能存放我的油画，屋主又不舍得把它卖给我，我只好搬家了。

　　离开这间画室已经有一年多了，此刻我早已在淡水海边一处长满了相思树的山坡前找到了新的工作室，六缸荷花也跟着迁移到新的院子里去，夏天来的时候也开了几朵。但是，也许是因为那带着盐分的海风的关系，一直不再能像在石门乡下和阳明山上时开得那么好了。

我因此而常常会恋念着这间山上的画室，当然记忆里不只是只有荷花，还有那些在春天会开得满树的山樱，那些会散发出香气的柏树，秋来时那山径旁一路延伸过去的芒草，满月的光辉在小路上曾经印下我那样清楚的身影，还有那个初冬的清晨，站在院子里，发现竟然有细细的雪花正在不断轻轻飘下。

还有那两只常常从天空飞掠而过、在遥远的云朵下盘旋呼叫的鹰，它们的叫声像婴儿的声音一样干净、一样清亮……

这山间的画室充满了我爱恋的记忆。

可是，当时的我心里总是惦记着工作的进度，所有的风景、所有的美丽记忆，不过就只是在短暂的休息时间里得到的那些片段印象罢了。

而只有在离开了之后，从那许多时日推移出来的距离之外远远观看，才能发现，原来那些片段和零乱的印象，已经在不知不觉间蜕变成为生命里真正的主体，坚实圆满，反复出现，自成为完整透明不可切割的一瞬。

昨天晚上，站在旧画室的墙外，站在旧日许多记忆的墙外，我好像看见了我自己，在迂回行来的路途上，原来曾经经过了那样美丽的一处驿站。

无　题

是个多么难得的夜晚，月在中天，万籁俱寂，我和朋友们散坐在一大片开满了花的荷田旁边。

田野无限辽阔，荷田的后面种着稻子，再远处种着芒果，更远更远的地方，种着一排高高细细的槟榔。

原来一直堆聚着的云朵都散开了，天上高挂着的是一轮阴历十五团圆的月亮。

这是我等待了很久的时刻，终于能够和朋友们一起，在满月的清辉之下赏荷。

一切都如我所愿。

一切都完完全全如我所愿。

于是兴奋的我就在阡陌上来回奔跑，大呼小叫，试着在拥挤的荷叶间靠得很近很近地去闻花朵的香气，试着从每一种不同的角度里去看月亮。

从荷叶的底下往上端详时出现的那一个月亮我好像在什么时候见过。我的意思是说，那一轮满月的光辉直直罩下，把错杂着生长的荷叶变成像是一幅木刻版画那样黑白分明的画面，我好像曾经在什么时候看过。

从心底所传递上来的那一种似曾相识的惆怅，让我感觉到，那应该是在幼年的流离生涯里，在不知道什么时候和什么地方被我收进心中的匆匆一瞥的记忆。

而在此刻，在这样一个难得的夜晚，又匆匆越过几十年的时光前来与我相会，与我眼前的美景交融重叠起来。

朋友们有的还安静地坐在原处，有的听见我呼叫的声音也跟着寻了过来。在湿滑狭窄的田埂上，她们和我靠得那样近，裙角在夜晚的微风里几次轻轻擦过我的脚踝。

在满月的光辉下，在散发着香气的荷田中，我忽然想到一个问题。如果，如果不是因为战乱，各自拥有不同的童年记忆的我们，此刻是不是还应该正隔着天南地北？这一生永远不可能相识更不可能相知？

那么，难道我们必须要承认，那一直被诅咒着的战争竟然也可能有些令人不得不感激的地方吗？

此生·此世·此时

买完菜了，走在巷子里，前面有个年轻的父亲牵着大概只有四五岁的小女儿，女儿胖胖白白的小手腕上戴着一只新手表，是那种红色塑胶外壳的卡通表，父亲正在低头向女儿解释怎么看时间：

"你看，短针指到这边就是十点啊……"

女儿仰起头，胖嘟嘟的脸颊像朵蔷薇花，她的眼神里对父亲有一种全然的信赖。

在她这个年纪里，父亲是天神，是绝对的权威，但是，然后呢？在逐渐走下去的以后呢？

我想着天下所有父亲那大同小异的命运，忽然间很想跑过去对他说：

"请你，请你好好珍惜此刻的幸福吧！"

当然，我并没有那样做。

和丈夫去逛台北的假日花市，在一处专卖花苗的摊位上，看到了几株蒜香藤的幼枝，又细又单薄的枝茎，竟然就已经开花了。紫色的花簇秀美夺目，心里一动，我的脚步不禁慢了下来。

这样的一株幼苗，和我多年前买下的一株几乎一模一样。

那时候刚搬到石门，屋子旁边空空的，除了杂草，什么都没有。于是我把在苗圃里买来的四棵蒜香藤，在前后院的墙边各种了两棵，又在后院空地上并排种下两株莲雾的幼苗。

后面的邻居看见了，靠到墙边来警告我。她说我这两棵莲雾种得太靠近，将来长成大树的时候一定要去掉一棵才行，她叫我最好现在就把距离拉远。

当时的我，听完了她的话，再对着那两株在我脚下像是小草一样的树苗看一看，不禁哈哈大笑，我记得那天我是这样回答她的：

"我的天！等它们变成大树要等到什么时候？"

好像话还没有说完，幼苗转眼之间真的成了大树。（也真的必得要锯掉一棵。）而那些瘦弱的蒜香藤爬得满墙满树，甚至爬上了房顶，开花的季节，简直像疯子一样，满满地开得把叶子都遮住了。

十年。十年的时间，我们在一无所有的荒地上，得到了一处丰饶美丽的花园。

十年。树都长高了，花越开越多，然后，我们携手离开。

那么，今天的我，除了心里的惆怅之外，还能再要什么呢？

丈夫察觉到我的脚步放慢了，他转过脸来问我：

"你看到什么好看的花了？要买吗？"

我向他笑了笑，把手插进他的臂弯里，我说：

"走！请我吃烤红薯去。"

在充满了阳光的街边，那个卖烤红薯的老人正把他手上的竹片摇得呱拉呱拉地响。

昔　时

一九五四年的夏天。

在那个时候，我们家刚刚从香港搬到台北，住在厦门街底的一条小巷子里，巷口通大街，巷底却是绿意深浓，从一片草坡爬上去，就是河堤。

在那个时候，河堤上总是有着凉凉的风，靠我们家这一边的路旁长满了密实的树丛，树上开着成串的紫色花朵。

在那个时候，站到河堤上，可以望得极远。可以看到河滩上一大片的芒草，芒草之后就是那条轻轻柔柔的淡水河，河之后有一重暗色的山，山之后又有山，那远山之后还有山，一层的颜色比一层淡。

在那个时候，大人都以为街底的那座大桥就是萤桥，于是我们这些小孩子也跟着叫顺了口，萤桥萤桥地叫了许久，一直到开学了，要上桥头去坐车了，才发现公共汽车站牌上写着说是川端桥。

此刻你如果跟我提起川端桥，我就会想起我站在河堤上等车去上学的那些清晨。我刚刚通过插班考试考进了北二女初中部二年级，不认得班上任何一个同学，还继续和香港的同学们写信，雪梅和根弟回信的时候都很惊奇地写着：

"想不到啊！刚刚在初一的地理课上读到了台湾的淡水河、浊水溪……你现在竟然真的住到淡水河旁边去了。"

刚刚换了环境的我，对周遭的一切都有点惧怕。公车过处，人群蜂拥而上，涂着大红色口红的车掌一吹哨，门就关了，我总是迟疑着留在车外的那一个。不远处有人穿着黄卡其的中山装急急奔过来，没赶上车子，站在我旁边跺脚叹气。而我穿着白衣黑裙，静静站在灰蒙蒙的桥头上，前面是一大片空白的天空，一天刚刚才开始，整个人生也都还没有着色，我只能安静而又忐忑地等待着。

一直到润苏站到我身边来和我一起等车，她就住在我们巷口斜对面，在教室里也刚好坐在我的斜前方，每次回过头来，又黑又亮的眼睛刚好对着我。

然后我又认识了则元，又认识了美智，新的朋友一个个向我微笑走来，在川端桥头等车的我慢慢活泼起来了。车子来的时候和润苏并肩一起挤上去，然后还能穿过人群的缝隙，看着车窗外淡水河在芒草花的陪伴之下蜿蜒地流过。

放学之后，也不肯早早地回家了，赖在学校操场上学骑脚踏车。车子是惠明借给我的，是那种高高的大黑车，惠明那时候是坐在班上最后一排的大个子，大眼睛、红脸颊、一头蓬松的黑发。她也在操场边陪着我，几天之后，终于把跌得鼻青脸肿的我教出来了。

我们第一次出游就是在水源路的河堤上，准备经过川端桥直奔对岸。当我们嬉笑着骑上桥时，夕阳让淡水河变成一面闪着金光的镜子，桥又直又长，风迎面吹来，把我们的白衣黑裙吹得鼓胀起来，我少年的心仿佛也满满地充塞着一种随时都可以发光的快乐。

许多事情在过了许多年之后，好像都没有人肯相信了。

朋友忽然来问我对于淡水河最初的印象，我说我最记得那些盛开在河堤上一串一串紫色的金露花，他不相信。年轻的诗人在电话那端很惊奇地再问我一次：

"怎么可能？你没记错吗？不是在山里才会有金露花吗？"

而在惠明去世之后，好像也没有人肯相信，她曾经是笑起来声音最大、在我们这一群里骑车速度最快的一个。

当然，更没有人肯相信，我们曾经有过一条洁净的河，在芒草和山峦之间轻轻地流动着。没有人肯相信，我们曾经拥有过一条那样美丽的河流。

篇五

生命的讯息

成　见

那几年，在布鲁塞尔读书，课余常要打些零工才够过日子。学校里的秘书也知道我们这些外国留学生的需要，一有适合的工作机会就会通知我们。

有一天，海北学校的女秘书找他，说是有个好差事，要他去找四个中国同学来应征。

原来有一间公司的主管退休，员工开欢送晚会，晚会的高潮是要由四个打扮成中国苦力模样的人，向那位主管呈上一份员工合送的礼物——一块华丽的东方地毯。

这个晚会的主办人打电话给大学，希望能找到中国留学生来客串一晚，报酬丰厚，条件是要戴长辫子假发、贴八字胡、穿清式服装，并且自始至终要弯腰屈膝，不可抬头。

海北当时就拒绝了，并且请秘书转告那位先生，他相信没有一个中国人愿意扮演这样的角色。

回到我们正在等候他的大学饭厅，海北板着脸三言两语把这件事一说完，我们这几个中国留学生就都爆了，红着脸吵了起来，一顿饭吃得乱七八糟，心里好不委屈。

在同一个桌上吃饭的比利时同学问我们到底是怎么一回事，解释给他听了之后，他说：

"我觉得这没有什么好气的，人家不过是请你去演场戏罢了。如果我去你们那里读书，有人征求演罗马奴隶或者比利时战犯的角色，我一定会高高兴兴去应征，不会认为这是一种侮辱。你们现在气成这样，其实，是你们自己心里有病。"

今天回想起来，我要承认，中国人心里是有病，是这一百多年来的遭遇，让我们每一个人的心里都有了病痛。

可是，仔细再想一想，他们西方人也不能否认，在他们大多数人的潜意识里，依旧是情愿，甚至希望我们中国人能够永远停留在那种形象之中。

民族与民族之间，"成见"实在是一层恶意的藩篱啊！

生 命 的 讯 息

　　读小学的时候，学校旁边有一大片山坡地，放学之后我仍然喜欢在山坡上逗留，处身在那些和善与静默的植物之间，幼小的心似乎可以完全放松下来了。

　　我做一些很无聊很无意义的事，但是自己却觉得非常欢喜，尤其喜欢的事就是和含羞草之间的交谈。

　　那真是每次都让我兴奋的经验！每当我在草丛里发现了一棵含羞草的时候，小小六七岁的我就会蹲下来，屏息静气地开始我与它之间的对话——开始一个生命与另一个生命之间讯息的传递。

　　只要轻轻用指尖碰触它的叶尖，向它说：

　　"喂！我在这儿了，你知道吗？"

　　它就会马上颤抖地合起了整串的叶片，轻轻回答我：

　　"我知道，是你，你来了！"

　　在暖和的草坡上，含羞草一直是我童年最敏感最真诚的伴侣，而小小的我也因此相信，植物虽然静默，却也能向这个世界表示它的意见，也能用种种的方法让另外的生命了解它内里的意思，了解它内里的那一颗心。

　　我从来没有怀疑过这件事。

　　前几年，家住在石门乡下的时候，种下的一棵莲雾树开始结果了，成绩不太好，整棵树上只有疏疏落落的几串果子。住在附近的一位太太过来告诉我：

　　"你最好在冬天的时候用柴刀在树干低处砍上几刀，然后再在树根附近洒几把盐，包你明年春天花一定开得多，果一定结得好！"

"为什么呢？这有什么道理呢？"我问她。

她向我笑了一笑：

"我也不知道是什么道理，可是我以前看别人是这样做的，每次都很灵！"

为了向我证明这个偏方的灵验，冬天来的时候，我的邻居自己带着一把柴刀来了，当然，我也赶快拿了厨房的盐罐子跟着到了莲雾树下。

第二年春天花真的开了满树，结果子的时候看起来更令人吃惊。我每次遇见她都要向她道谢，感谢她给我们的偏方，让我们有了丰硕的收获。

但是疑问还是在那里，终于跑去问了一位学植物的朋友，想知道在这样的现象后面有没有科学的根据，想不到他竟然微笑点头，说是可能的。他说：

"植物对周遭的世界其实有一种敏锐的反应。你们用刀斧和盐对待它的时候，它知道这是一种伤害、一种危机，而用来对抗这种危机的植物本能就是拼命地开花、拼命地结果。也就是在察觉到生存受了威胁的时候，它就会用自己的一切力量来把这生命绵延传递下去。"

我记得他那天回答我的时候是站在下午的阳光里，微笑地一字一句地把这个答案告诉了我，而我心中却在霎时翻腾了起来。真想不到啊！想不到这一场用刀用盐又砍又洒像闹剧一样的行为后面，竟然有着那样严肃和悲壮的反应。

回到我的院落之后，站在结实累累的莲雾树下，我满怀歉意地端详它。

对我来说，这满树的果子只不过是一场可有可无的丰收而已，但是对于这一棵站立在土地上的生命而言，它所经历的这整个冬季春季与夏季，是一种怎样巨大的惊恐和挣扎呢？

我其实没有权利这样对待它的。

同样都是在这个地球上一起生长的生命，我们真的没有权利来这样对待它们的。

而我们却随时随地都在随意这样做。

有一张图片就是那位学植物的朋友给我的，在台湾东部美丽的海岸公路上，原来栽种下去并且已经成为大树的行道木被人拦腰砍毁成一种可怕的形状，是为了什么理由呢？

是为了什么理由？

它们好好地站在道路的旁边，所以并不能说它们妨碍交通；海与天那样辽阔，它们也应该不会妨碍任何人的视线；而如果说这样的砍伐也可以称之为修剪的话，那么，这个修剪的人所具有的应该是一副刽子手的心肠了。

到底我们凭什么理由可以这样对待它们？

在这个岛上，在城市里，在乡间，在许多许多的角落里，我们常常会看见这些被人任意毁损的残缺生命。

虽然残缺，虽然无声，却绝不是静默的，在那些被毁损了的肢体上，就在那些伤口旁，新生的嫩叶正在努力设法让我们明白：

"我是一株努力想要活下去的生命，请给我活下去的机会与权利好吗？"

而让这样一株热烈的生命存活下去对我们有什么不好？

对我们究竟有什么不好？

伤　痕

那天，我开车穿过台北故宫附近的隧道，往左拐向大路的时候，看见一辆黄色计程车在我前方的路边停下，一个小女孩由后座门下来，然后车子就重新发动离开了。

这原来是很平常的事情，但是，在我的车子已经转过来之后，眼角瞥到的景象却是那个小女孩哭喊着追赶车子，中间还绊倒了一次，又爬起来沿着路边追。那辆黄色计程车却一点反应也没有，继续加速往前开。

我的反应是马上把车子靠到路边停住，那里刚好有一点弯度。我的后面几十步路是那个哭着、喊着，却因为再也见不到原来的车子而只好呆立在路边的女孩。在我前面十几个车身的地方，那辆黄色计程车终于慢了下来，并且也贴着路边停下。

我原不是个爱管闲事的人，但是这样把孩子丢在马路上的事却实在不能不管。我下车就向那孩子走去，短发、瘦小，不过一定有九岁或者十岁的年龄了，穿着一身杂色的花裙，腿上有着刚才擦破的浅浅的伤痕，正在绝望地大哭着。

我向她轻声说：

"小妹妹，别怕，不要怕。"然后就试着想拍拍她。

孩子还只是个孩子而已，对一个陌生人的靠近仍然有着本能的畏惧。她向后退了一步，不肯让我拍到她，却又感觉到我也许是她唯一的希望，所以也不逃开，就站在那里继续哭泣。我也只好站在她旁边等着。

远处那辆车子终于有了动静，车门打开了，一个男人从驾驶座上下来，向我们走近。他一边走，一边狠狠地指着女孩说：

"这样坏的孩子丢掉算了！"

原来整个事件是父亲在教训他的孩子。年轻而又疲倦的父亲气急败坏地向我解释，说这孩子有偷钱的坏毛病，已经丢过她、吓过她一次了，没想到过了几个月又再犯。

我不知道该怎样把我的意思说清楚。我只好反复地向他说，孩子不听话可以打她、可以骂她，但是不要这样吓她，这样对孩子成长的心会造成伤害。

当然，最后还是把孩子推给她父亲了。然后我才发现，不知道是什么时候那个女孩竟然整个靠进我的怀里，而我也正不自觉地用双臂环拥着她。

男人领着孩子，向我冷淡地点了一下头就转身走了。远处那辆车子旁边站着的是他的妻子吧？她手中还牵着一个更小的孩子。

女孩乖乖地跟随着她父亲，没有再回头看我。但是我好像还能感觉到刚才环抱着她时，从她瘦削的前胸所传出来的剧烈心跳，就如同一只受惊的小兽，那小小的心脏跳动得几乎像要蹦出来一样。

对一个十岁左右的孩子来说，这实在是一场极大的惊吓与伤害。

可是，那个父亲是那样理直气壮！他认为这一切都是为了他的孩子。而不可否认的，他也真是爱他的孩子。那天，在心里责怪那个男人的同时，我开始害怕起来。

不是吗？多么可怕的事啊！成人的标准和成人的爱，在某一种极端的固执里，竟然可以对孩子构成这样大的伤害。

而我，是不是也曾经有过不完全相同，却又非常相似的理直气壮的经验？是不是也曾经在一些自以为是的时刻里，或轻或重地伤过我自己的孩子？

在我的孩子的心里，是不是也有着我在无意之间刻下却再也无法消除的伤痕？

窗　前

　　曾经跟着 C 去过两次台老师家。

　　第一次去的时候，台老师书房里还有一位长辈在，所以我们都安静地坐在一旁，听两位老先生说话。有时候台老师转过头来问我话，我就再赶快回答一两句，心情实在有点紧张，很不自在。

　　所以，也不太敢对着他们看，眼光自然而然地就常常落到右侧前方那一扇窗上了。

　　那是一扇略显狭长的窗，木质的窗台上摆着一尊瓷瓶，瓶中插着两枝莲房已经完全枯干空虚了的深棕色的莲蓬。窗台的木料虽然很陈旧，但是因为是上好的细致材质，又因为多年勤擦拭的缘故，有着一层温润的光泽。而莲蓬的深棕色却因为逆光的关系，在窗前就显得更加深黯了。

　　窗外是一抹绿光，一株芭蕉的叶子正斜斜地伸了过来，叶脉平滑而又整齐地横排着，光洁而又明亮。我好像忽然间又回到三十多年以前的日子里去了。

　　三十多年以前，父母带着我们这些孩子从香港到台湾，在台北找到的第一个家，窗前也曾经种着一样的芭蕉。

　　三十多年以前，或者四十多年以前，我们每一个仓皇渡海前来的家庭，不都是曾经终于在这样一扇种着芭蕉的窗前栖身落脚的吗？

　　前几天，陪孩子上书店时，我也给我自己买了一本台老师刚出版的《龙坡杂文》。

　　在回程的车上，我就迫不及待地翻开来了。序文里，台老师说，他是在一九四六年的时候，就住到台北市龙坡里九邻这一幢台大的宿舍里了。当时把这间书房叫做"歇脚盦"，原是只想要暂时歇歇脚的意思，但是，一住四十多年，"能说不是家吗？"

所以后来台老师又请大千居士写了一方"龙坡丈室"的小匾挂了起来，台老师说：

"落户与歇脚不过是时间的久暂之别，可是人的死生契阔皆寄寓于其间，能说不是大事？"

台老师又说：

"朋友们常说，偌大年纪，经事也不算少，能写点回忆之类的文字，也是好的。我听了，只有苦笑，蜗居一地过着教书匠生活，僵化了，什么兴会都没有了，能回忆些什么呢？但也有意外，前年旅途中看见一书涉及往事，为之一惊，恍然如梦中事历历在目。这好像一张尘封的败琴，偶被拨动发出声来，可是这声音喑哑是不足听的。"

读到这里，我心里很难过，好像是被什么沉重的铁器捶打着一样地痛，就在车上流下了眼泪。

车窗之外，是四十多年以后的台北，充满了俗丽的颜色和灯光，许多的面孔、许多的欲望，拥挤而又嘈杂。

可是，在泪水里，我只看到一扇清寂的窗户，正开向一处植有芭蕉的小小院落。

窗前有一张尘封的琴，坚持地珍藏着这一个时代里最后最孤独的声音。

唯一？

很怕回答这样的问题：

"请举出你最喜欢的一本书来。"

"请说出最令你难忘的一件事来。"

"请告诉我们，谁是那个对你影响最深的人？"

很怕回答这样的问题，因此这个时候我的反应就会更加混乱与迟钝，所以发问的人就会一直不断地提醒我：

"想一想看嘛！总有个比较啊！譬如在你生命里的关键时刻，是不是发生过什么特别重要的事件？出现过什么特别重要的人？"

于是，生命里许多特别的时刻都一一从我的眼前从我的心中罗列而过，许多温柔的脸庞都重叠出现，每一刻对我都同样重要，每一个名字对我都同样是不可忘记的，我不得不在最后向发问者要求：

"我可不可以多说几件事和多提几个人的名字呢？"

"这样不太好吧，我们所想要知道的是你的最高标准，和那种唯一的无可替代的选择。"

在刚开始面对这样的情势时，我通常很快就投降了，选了一个名字满足了发问的人之后，才可以继续其他的回答。但是，心里不断会有种小小的沮丧闪现出来，情绪就会逐渐低落下去。

这样的经验增多之后，我也慢慢变得强硬起来，终于不肯再妥协了。

生命与记忆哪里会是这样的单薄与极端？

对我来说，几十年的岁月，半生纠缠牵连的种种，哪里会在片刻之间就只剩下一本书、一件事，和一个名字了呢？

哪里会有这样的事！？

诗　教

　　年少的时候，初读《古诗十九首》，才知道世间竟然会有这样惊心动魄、直抒胸臆的文字。也才初次醒觉，那些平日散散漫漫摆在生活各个平淡角落里的文字，如果精选之后再架拢起来，竟然会有这样强猛的力量！

　　长大以后，才开始了解，一首流传下来的诗，即或只是几行短得不能再短的文字，也是一个人穷尽全力去生活过、挣扎过的整整的一生啊！

　　而到了中年的此刻才终于明白，把那些文字放在一起的力量，除了来自诗人本身以外，同时也来自他周遭的环境。来自他生活的那一个时代，更来自他的源流，来自他的血脉，来自这浩瀚宇宙之中所有的生命，在每一刻里从来没有停息过的变化与悸动。

　　在中国历史上，各个朝代都有着许多令人心动的艺术品。并且，诗不是只专属于某一种特定的阶层或特定的行业，只要心有所感，任何人都可以发抒成诗。于是我们可以在千年之后还能听到一世英豪、意气风发的曹操，心中对朝露般的人生所发出的感叹；也可以从佚名作者的民歌里听到慷慨吐清音、明转出天然的婉转衷情。

　　中国原来应该就是一个诗的民族，拥有许多许多首动人的诗！

　　我想说的"动人"，就是你仿佛在一首诗里看到诗人的一生，又仿佛在他的旁白里，演出了你自己一生时那怔忡的感动，每次重读那首诗，那种怔忡的感动又会清清明明地重新显现，不由得不在心中暗自惊呼！

　　试想一下，我们在读王维"木末芙蓉花，山中发红萼，涧户寂无人，纷纷开且落"时的澄明洁净，这么多年以来是否有过丝毫的改变？我们在读陶潜"悲晨曦之易夕，感人生之长勤，同一尽于百年，何欢寡而愁殷"时的萧瑟仓皇总也是会反复前来？"风萧萧兮易水寒，壮士一去兮不复返"的慷慨悲壮；"暮从碧山下，山月随人归"的恬静淡远，有谁不会一次又一次地觉得衷心向往？

　　我想说的"动人"，就是这个意思。

　　但是，如果处心积虑地去要求一首诗动人，却往往会适得其反。一首诗不同于一篇演讲稿或者一句标语，它的珍贵与淡泊之处也就在此。

　　所谓"诗教"，不也就是要把这一种珍贵与淡泊的特性在潜移默化之中，根植到下一代的心里去吗？

　　我因此非常感谢那些在课堂里轻声教孩子背诵诗词的小学老师，也更加感谢那些在孩子想要写诗的时候，对他们鼓励有加的小学老师。

　　但是，无论如何，让孩子从小就亲近诗，不管是背诵还是创作，其实都是其次。最重要的教育目的，是想经由"诗"这样一种媒介，带领孩子慢慢去认识这个世界。

　　希望那将是一个温柔、敦厚的世界。

诗人啊！诗人！ 之一

为什么有些人的诗句会一直让你记在心里，有些人的却完全忘记了？

为什么有些人的诗句每次相见都好像会有些新鲜的感觉闪烁出来，有些人的明明是第一次认识，却总觉得面貌模糊找不出任何特征来？

为什么有些人的诗会让你一次又一次地细读，有些人的却在翻开书的时候就厌倦了呢？

当然，这其中应该有许多原因。

包括学识、品位、年龄、阅历与沧桑等等的不同，都可能决定一个读者与一首诗之间的关系，而如果再加上民族与文化之间的差异，就会有更多的参差反应了。

也因为如此，所以有些诗人和艺术家就喜欢这样说：

"读者的准备总是不够！"

（当然，这句话我是用最最简单的字句把它说出来的，如果用学者专家所爱用的复杂字句说出来的话，大概就又可以写成一本大书了。）

我绝对相信这一句话。

画了这么多年，也知道有大部分的观众，只能看到那浮面的色彩与线条，并不能真正领受到创作者自我期许的内容和形式之间的关联。也正因为如此，使得许多高难度作品中那种有所为和有所不为的深意，无法得到普遍的共鸣。

但是，当我读到一些文章，不断用怨恨和讥笑的字句来责备读者准备的不足，并且把所有的责任都放在别人肩膀上的时候，我心里总会有一种很深的疑惑——难道事实就真的只是这样而已吗？

诗，不应该是一种最抽象、却又最能直指人心的语言吗？

那么，你还要读者准备什么？

九百多年来，我们在读苏东坡的"……乱石崩云，惊涛裂岸，卷起千堆雪。江山如画，一时多少豪杰……"的时候，准备过什么？

一千两百多年以来，我们在读李白的"君不见黄河之水天上来，奔流到海不复回。君不见高堂明镜悲白发，朝如青丝暮成雪……"的时候，又准备过什么？

如果更早更早，翻开《诗经·小雅》里那一篇《采薇》：

> 昔我往矣，
>
> 杨柳依依；
>
> 今我来思，
>
> 雨雪霏霏。
>
> 行道迟迟，
>
> 载渴载饥。
>
> 我心伤悲，
>
> 莫知我哀。

请问，每一位读过这首诗的中国人，在深深地被感动之前，又何尝准备过什么？

诗人啊！诗人！

诗人啊！诗人！之二

我们这些大多数的人，在读一位学者的文章或者什么专门论著的时候，虽也是为了要虚心求教，但是，心情总是紧张的。并且无论怎么样想保持客观和公正，有时候总免不了会受自己的成见所左右。

相反的，在打开一本诗集的时候，我们的心情就完全不一样了。

在打开一本诗集的时候，如果真的纯粹只是因为想要读诗（如果读者与这位诗人既无宿怨，也非世仇的话），我相信，每一个读者对于诗人都是心存纵容的。在没有任何戒备、没有任何成见的状态之下，我们愿意将自己完全交出，任由诗人随意带领前行。

作为一个纯粹的读者，在翻开书的那一刹那，是多么无知、多么谦逊、多么安静地在期待着啊！

期望能够读到一首深获我心的好诗。

对这首诗的形式、内容与效应并无任何预定的概念（甚至它离我的常识范围越远越好）。它或者像刚离弓的箭矢，笔直地向我飞来，射中了我的痛处。它或者像行云流水，在有意无意的回旋之间，逐渐抚平了我的忧伤。它或者像黑夜里的一声霹雳，让我悚然惊起。它或者像高处的山风，给我飞升的双翼，让我能从狭窄幽暗的低谷中飞升到有无限辽阔视野的山巅，让诗中崇高的情怀，前来涤清我灵魂里那凡俗污秽的尘埃。

不管它是用怎样的形式和内容出现，它必须要是一首好诗。

每次在打开一本诗集的时候，我们这些读者从来都是满怀希望的。

我们希望能够看到一个真挚的灵魂。不管是为了要面对任何疑惑和任何方向，我们希望一个诗人首先要能够真诚地面对自我。

我们希望他能够对一个生命有着深沉与真确的认知，这种对自我深处的发掘，将必然使得这个生命与其他生命的某一部分全然相同、全然相合。于是，我们读他的诗，就仿佛在同时读着他的生命与我们的生命，仿佛是一种内里最诚挚与最自然的契合。

但是，这种共鸣与交融，必须是要在诗人并不自觉的状态下自然发生的，才能使得我们这些读者心悦诚服。若是在字里行间有一丝造作、一丝夸张，若是让我们感觉到了诗人在文字的后面藏有想要为自己定位的那种居心，整首诗就会马上在我们眼前颓倒下去，只能剩下一些浮面的架构而已了。

如果在一本诗集里，连着读了两三首诗都有这种倾向的话，我们在阅读的时候就会迟疑起来，终于在最后不得不掩卷太息。

诗人啊！诗人！

待　遇

　　除了那些专研文学或者艺术的学者之外，一般的人对于他自己所喜爱的艺术家，如果是在毫无准备的情况之下要他说出哪个诗人或者画家的特色时，常常会发现，能够说出来的，通常也不过只是一种朦胧的概念而已。

　　譬如我们想起莫奈，我们就会说：

　　"啊！那个画了很多睡莲的人。"

　　譬如我们想起徐志摩，我们就会想起他的《偶然》，或者是那首《再别康桥》，而能够脱口背出的，也不过就是在起首或者末尾时的那一两句诗而已：

　　　　悄悄的我走了，

　　　　正如我悄悄的来；

　　　　我挥一挥衣袖，

　　　　不带走一片云彩。

　　一个创作者为了几行诗句，或者一张被别人隐约记起来的画，他要用一辈子的时间来换取。

　　用一生的工作，来换得一句话。

　　或者，也可以这样说，一生的工作，能够留下来的，也就只是那么一句话而已。

　　当然，也有一辈子真的只写一首诗的人，但是那种人我们通常不把他归类成为艺术工作者，他只是生命里一种偶发的现象，是上苍送给我们的一份额外与偶然的礼物。

真正的艺术工作者是要持续不断有水准以上的作品出现，我们才会称呼他是艺术家。我们要求他一定要工作一辈子，可是我们这些群众又很残忍地不去记得他所有的作品，在多少年之后，我们只肯说：

"啊！我记得他那一张画……"

"啊！我记得他那一句……"

生命的一切努力，也就只能得到这么多了。

而更残忍的是，就算是只有"这么多"的分量，也不是给那些所有曾经努力过的艺术家的。

并不是所有努力了一生的人，都能够在最后被我们这些群众很公平地记得。

奇怪的是，这样微薄的待遇，几千年来，从来没有人抗议过，也从来没有任何一个艺术工作者会因此而却步不前。

这条长路上总是充满了勇者，络绎不绝！

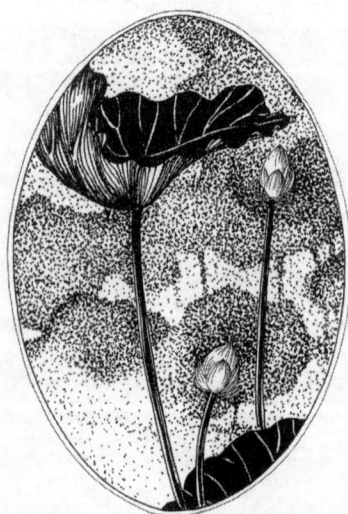

篇六

透明的哀伤

雾　布 之一

会来到雾布（Ubud），其实只是因为 C 在春天寄给我的那封信，他说：

"……你如果来到这里一定会疯了。花开满了，又不断地落下来。我的窗外就是荷花池，有人就在池旁细细地画起来……"

几个月之后，一个人，行李里装着本子和画笔，我在黑夜里飞到了峇里岛。在陌生的土地上着陆，机场就有着许多棵印度素馨，又高又大，开满了甜香醉人的花朵，也落满一地，雪白。

黑夜里，被陌生的计程车司机载着，穿越过一处又一处黑暗和不知名的村落，终于来到了一个完全不合我原来臆想的住所。

按照我的经验，即使是多么古老或者简陋的旅馆，总会在入口处有个灯光辉煌的旅客服务中心之类的柜台才对。想不到司机拿了我的行李，叫我下车的时候，在我的眼前，不要说灯光，甚至连房子也没有。

我们跨过了一层模糊的台阶，再往黑暗里走进几步，然后就停在一棵大树底下了，大树恐怕已有几百年那么老了，许多长长的藤蔓垂了下来。周围好像是个荒废了很久的大院子，影影绰绰地在四周立着一些高高的门楼和雕像，应该是老皇宫，但是在黑夜里看起来实在更像是庙宇。没有灯光、没有路，更没有任何可以走进去的门！

司机的英文很不够用，他只能不停地重复同样的一句话：

"就是这里，就是这里。"

可是他的眼光闪烁不定，旁边有几个暗黑的人影逐渐围了过来，我心里由不得自己地飞快放映出各种可能的画面。

咿呀一声，从院子角落的雕刻中忽然开了一扇窄门，有了光，光里走出来一个在腰下裹着沙龙的年轻人，安静而又秀气，用很清楚的声音向我说：

"请跟我来。"

我就跟着他走了。

走进了窄门之后，里面是一条更为狭窄的两旁植满了花树的巷子，我跟着他手上电筒的光，曲曲折折地拐了好几个弯，那些枝叶就在我肩膀上拂过，带着些微的香气和露水，我的心情开始慢慢好转起来。

但是，当他终于把我带到花树深处一幢独立的小屋前面，并且告诉我这就是替我预留好了的居处的时候，我的血液温度马上直降到冰点，天啊！我怎么敢呢？我怎么敢一个人住到这样一幢孤零零的房子里面去呢？

我真的要疯了！

硬着头皮跟着他走上平台，木门打开之后，里面只有简单的门栓，灯光好暗，窗户很大，窗帘却只有薄薄的一片，稀疏而透明。

这个时候，旅馆的主人终于出现了，向我道歉，说是因为时间太晚使得接待不周，希望我能原谅。他应该是个很亲切的中年人，但是在亲切的礼貌之中又透着几分矜持。当他注意到我一直想要把窗帘扯得更严密一点的时候，就轻轻地向我说了一句话：

"请放心，在我们这里是绝对安全的。"

他的声音很低沉而又稳定，语气里有种隐约的傲意。

我马上相信了他。并且那些在慌乱之中被我忘记了的，每一个来过的朋友对这块土地和这块土地上居民的赞美与钦羡的话语又都重新出现，我终于得以收起了我的小人之心。

在雾布的第一夜就睡得安稳极了。

雾　布 之二

在峇里岛上，必须要逐日来记日记，否则，那样好的日子过下来，真的是不知今夕是何夕！

每天早上起床，一坐到阳台上就有专人来侍候早餐，又是新鲜水果、又是吐司、又是各式鸡蛋变的花样、又是卷饼，还有喜出望外的"柠檬"红茶。这种柠檬我只在印度旅行时喝过同样的，以后再没喝过这么香的了。此番重逢，又小又圆还是纵切的果子放进茶里，似乎比在印度的还要清香扑鼻。

然后就去租了一辆脚踏车开始到处乱跑。去换了钱，他们的币值简直令人无法置信，一美金可以换一千六百八十个卢比亚。所以，我换了一百美金之后，皮包里就有十几万卢比亚，一个又大又甜的木瓜要我五百卢比亚（还是观光客的价钱），折合台币还不到九块钱，我整个人就呆在水果摊子前面了。

在开始的时候，这确实是一种很奇妙很美好的感觉。购买欲极为强烈，骑着脚踏车在市中心唯一的那条大街上来回穿梭，从大花布到小银戒指，从陶土的器皿到古旧的木雕，任何好看的东西我都舍不得放过，第一天好像就是在采买和搬运这两种活动中过去了。

第二天一早，还是兴致勃勃地骑车出门，准备再来寻宝。车子经过了昨天的水果摊，那位老太太伸手向我打招呼，我停了下来向她微笑道早安，就在那个时候，有些跃动着的色彩和线条进入了我的视线。

就在她身后，隔着一丛深绿的热带树篱，在早上的阳光里像碧玉一样的颜色，是新舒展开来的荷叶，一片又一片地绵延过去，亭亭立在水中。池水清澈，倒映着天光云影，风吹过时，闪亮出一些细碎的波纹。

从那一刻开始，我的购买热狂就完全消失了。转身上车，往旅馆骑回去，直奔我的行李，从其中拿出来准备好了的本子和画笔，再转身回到池边。

之后的日子，除了几趟远程游览之外，大部分的时间就都是在池边过的。

旅行结束，回到家的时候，丈夫对我这个每次出门都非要把钱花得干干净净才肯回来的妻子，这次竟然剩下不少美金的奇事觉得非常欣慰。

他说：

"这倒不错！以后这种地方倒是可以鼓励你再去。"

是啊！如果可以再去，那该是多么令人向往的梦境！

雾 布 之三

他们的女孩子怎么个个都那么美？是一种自然的温柔与明媚放在一起，再加上那样挺直的脊椎骨！

从来没有看见过像峇里岛女子那样美丽而又动人的脊椎骨！

在街上看见她们头上负载着重物走过，神色依然自若，背影极为曼妙。街边有许多画中都喜欢画出她们的背影，我现在才明白那种诱惑在哪里。

遇到节日，她们会盛装打扮起来，头上顶着高高的要献给神佛的果盘，一层又一层堆叠上去，像是一座色泽鲜明诱人的宝塔，宝塔之下是比例均匀的面孔、比例均匀的颈项与肩膀，还有那最最柔滑又挺直的身躯。

满街的观光客都目迎目送，呆呆地站住了。

对了，有一件事，C没有在信上告诉我——这里的观光客满坑满谷。走在雾布的长街上，就好像走在联合国的会场里一样。

你所能想象得出的每一种人种都会不时在你眼前出现，晃过来又晃过去，当然，大多数都是白种人，其中夹杂着少数的日本人、中国的香港和台湾人。

从每种民族里，可以看出他们的脸型和身体都有着一种共同的比例，再加上脸上有些习惯相似的表情，有的时候还没有开口，我就能猜得出他们会说出哪一种语言来。

一个人旅行，观察力好像特别敏锐，我常常会独自站在街头微笑了起来。

　　"比例"真是一种奇妙的东西，难怪从毕达哥拉斯学派开始，就一直被认做是组成美的要素。甚至一直到了五百多年前的杜勒，还深深地相信，只要是让他找到了最美的比例，就等于掌握了美的密钥，从此可以通行无阻！

　　真是啊！真是令人想不透的秘密。你看，一样的人种，一样的金发蓝眼，一看就几乎是非常相似的身材和面孔，但是，到底在数的比例上起了什么样的微妙变化？就会让从我左边迎面走过来的这个德国男孩出落得像一只漂亮威猛的雄狮，而右边的那一个却只能像一只兀鹰？

　　而同样数量、同样大小、同样长短的脊椎骨，怎么到了峇里岛女子的身上，就变得那样美丽而又动人了呢？

雾　布 之四

　　去看了好几场的舞蹈，无论我多早去，总是找不到好位置，前面几排总是有人先预定了。

　　这个晚上，就在我住的旅馆前庭，有一场宣传了很久的舞蹈演出，由于前几次的经验，我这次买票时就多给了一些钱，终于得到了个前座第一排的座位。

　　是露天演出，也是峇里岛上最典型的演出。晚上七点左右，月亮半圆，像个中国古式的发梳，天空暗蓝，云朵柔白，水泥平台铺上了红毡，后面是高高的门楼，王宫的戏台到底不同凡俗。那些石雕的佛像特别美丽，带着一层薄薄的苔藓的绿色，再衬着门楼上古朴的红砖，那砖色极浅，是一种带着粉黄调子的橘红，整个色调好像是一种完美的组合，不能再增减一分。

　　有人爬了三层楼的高度去给每个檐角点灯烛，观众非常安静地等待着，烛光一一燃起，那种气派，使我在前两夜所看到的那些舞台都黯然失色了。

　　乐队终于准备好，舞台三面都已经挤满了观众，有人把白热的煤气灯放置到舞台的前方和两侧，舞者开始出场。

　　原来不仅是固定的，诸如面容与身材之间的比例而已，原来甚至包括一举手一投足的动作，人与人之间也有着非常奇妙的差别。所有的对于"美"的判断，都是靠着细微的不同才逐渐有所比较、有所依凭、有所认识的。

　　有些生命就是得天独厚！

　　四个年龄相近的女孩表演群舞，其中有一个就是特别突出。一样的眉目，她的感觉特别明媚；一样的腕臂，她的感觉特别丰润；一样的舞姿，她的感觉特别柔软与灵活。四个女孩子一起出场，但是，几秒钟之后，全场观众的目光就都被她吸引住了。舞台上仿佛只有她一个人在舞蹈，只有她一个人站在光圈的中心，其他三个仿佛都只是些模糊的影子了。

　　我追踪着所有观众痴狂的目光，发现"美"竟然这样强烈和专横地在支配着我们，心中不禁微微地害怕了起来。

雾 布 _{之五}

月光明亮。坐在阶前，草木的影子清清楚楚地全都印在地上。

原来，看月其实并不是要仰头注视那一轮清辉，真正的引诱全在那些美丽的影子上面。

旅馆的主人走过来，手里拿着烛光，他说：

"对不起，我们又停电了。"

可是我却笑着对他说：

"太棒了啊！不然的话，我们怎么能看见这么好的月亮呢？"

他也笑了起来：

"如果每位客人都像你这样就好了！"

可不是吗？即或是在这样偏僻的山城里，也要在停电之后才能发现月光的明亮。

我走出了旅馆的庭园，往旁边的小街走去，没有一盏灯，也因此，月光可以照在石板砌成的小路上，青青的石板反射着月光，一直延伸到极远的林间。

我慢慢地往前走去，想起了这个早上在池边遇见的阿丽莎，和她对我说的那些话。

才不过是刚刚相识的朋友，但是，她为什么一眼就看出我的弱点了呢？

她是住在纽约市的犹太女子，也和我一样，一个人到池边来画荷花。我们开始的时候，只是互相交换作品来看，时间久了一点之后，就开始互相交换着心情了。

说着说着，她忽然冒出来一句话：

"你到底害怕什么？为什么这样拘谨？为什么不试着把自己放松下来？你会发现，这个世界其实没有什么好害怕的。"

我直直地注视着她，眼前这个有着一头蓬松褐发，面颊瘦削的女子正在向我微笑：

"你为什么不试试看？对你一定不会有坏处的。"

她说的其实是和我的朋友们劝我时一样的话，但是因为有着峇里岛鲜蓝的天空和澄翠的树丛做后盾，再加上那一池的荷花荷叶，声势就逼人多了。

好家伙阿丽莎！

她说得太对了。真的，画画的时候，我太看重了我的每一笔每一画，一开始就是一副沉重的心情，那么，所有的笔触如何能够活泼起来？

而在平日的生活里，我也太看重了我的每一言每一行，永远战战兢兢的，那么，所有的日子如何能够丰富起来？

害怕是因为怕这个世界会看轻我，拘谨是因为随时随地要和这个世界计较。

一天又一天的，我给自己打造了一个范本，一如一副铁制的盔甲，因为，对于"自己"，我们人类其实知道得是那样的少啊。

纪德说的："想要'认识自己'的毛虫永远也变不了蝴蝶。"

让日子就这样顺其自然地过下去吧，卸下我的盔甲，所谓"得失"，哪里是可以从计较中得来或者失去的呢？

月色清朗，照遍了每一处山林。每一条细细的道路，好像都可以走到很远很远的地方。

好家伙阿丽莎！

恍 如 一 梦

——给隐地

你只说了很简单的几句。

你说，女儿去日本读书了，送她上了飞机之后，回到家来，她房间里同学们前夜才送来的花束犹自散发着香气。

你只说了这样简单的几句。我想，也许因为你自觉是父亲，不是母亲，所以不习惯说些曲曲折折的感伤的话。

可是，你为什么会走到她的房间去？你又为什么会在女儿已经离开了的房间里，一个人仔细地去端详一束花呢？

你解释说：是"空间"和"时间"让你困惑。

那是因为，我的朋友，一直到这一刻以前，空间和时间都从来不曾与我们为敌啊！

一直到这一刻以前，那个小小的女孩都在你眼前用着非常缓慢的速度来生长和成熟。每天晚上，她都会在这个房间里看书、听音乐、做功课，或者和第二天就会见面的同学打一通长得令人生气的电话；早上要出门的时候，把衣服都从柜子里抽出来搬到床上慢慢挑选，对着镜子，一会儿把发梳到左边一会儿又梳到右边，总是拿不定主意。每次经过她的门前，都让你不能不替她着急。

然后，突然间，她就飞走了，在今天这样一个春日的早晨，留下你站在她的房间里，困惑于空间和时间的猛然隔离。

恍如一梦啊！我的朋友。

可是，在这一刻之前，准备或者预先提防也都没有什么用处。只有在鸟儿展翅飞离之后，我们才会突然开始察觉到空间和时间的敌意，在女儿温暖而又充满了花香的房间里，你只能亦悲亦喜。

蝶　翅

记得有白色的花朵在身旁盛开，但究竟是山茶还是玫瑰，已经全无印象。只知道季节是在初春，在那一年，她终于明白许多事物都不可能留存。

无法再携带的笔记和信件，堆积起来，在后院背风的角落点燃，临别依依，她因此而总是会不时地注视着焚烧的中心。

在焚烧的中心，一切化为灰烬。然而，在接近中心的边缘部分，纸张虽然已经因为高热而蜷曲，原来洁白的颜色也变为深深浅浅的灰黑，纸质变脆变薄，如蝶翅般颤动，但是，每一段落的字迹却依旧清晰可读。

在火焰的吞吐间，原来用黑色墨水写成的字句，每一笔每一画却都变成了如燃烧着的炭色那样透明光亮的红。在即将灰飞烟灭之前的那一瞬间，白纸黑字的世界忽然幻化成灰纸红字的奇异色彩，紧紧攫住了她的视线。多年前他在静夜里为她写下的每一个字，如今红得炽热，忽明忽暗，仿佛有了呼吸，仿佛在努力向她表达那最后一次的含意。

在身旁盛开的白色花朵，已经不复记忆究竟是山茶还是玫瑰。只知道那是个初春的季节，微近中年的她，刚刚开始明白，这世间原来没有任何痕迹可能永久留存。

岁月飞逝，世事果然都如浮光掠影。可是，那炽热的红字刻在灰黑色的纸页间，如蝶翅般颤动着的片段，不知道为什么，在又隔了这么多年之后，依旧会不时地飞进她的心中。

透 明 的 哀 伤

　　站在峡谷之间的吊桥上，站在满月的光辉里，我们呼唤你过来，来看那高悬在天上的月光，你却微笑拒绝了。

　　斜倚在吊桥的另一端，在山壁的暗处，你说：

　　"我从这里看你们就好了，因为，你们就包含了月光。"

　　山风习习，流水在转折处呻吟喘息，身旁的 H 为了这样美的一句话轻声惊叫起来。月华如水也如酒，清澈而又迷离，为什么此刻我的心中却隐隐作痛？

　　是因为在那样透明的月光之中感觉到自身的有所隐藏吗？

　　是因为在那样圆满的一轮清辉之中感觉到自身的缺失与憾恨吗？

　　仿佛有一种畏惧，如影随形。

　　年轻的时候，心中的阴影来自那对前路的茫然无知，我会遇见什么？我会变成什么？一切都没有启示与征兆。而到了这一夜，那逃避不了的阴影却是来自对前路的全然已知，盛筵必散啊！盛年永不复返，我们这一生从未能尽欢。请你原谅我，亲爱的朋友，原谅这即使是在清辉流泻的光耀之处依旧紧紧缠绕着我的悲愁与怅惘。

　　是的，在这样美丽的夜晚里，生命是可以包含着月光，却不得不在同时也包含了一层透明的哀伤。

河流与歌

几乎已经忘了，到了欧洲才又想起来，这里夏天最迷人的地方就是天黑得极晚。

父亲和我在莱茵河边散步，已经是晚上十点钟了，整片天空在高处仍然是蔚蓝的，一如马格里特（R. Magritte）画中的背景。稍低之处近水的天色转成一种透明的绿，还镶着一层黄金色的神秘的光亮，就是古老的法兰德斯画派里那些远景的幽光。

河边长着茂密青藤的石墙之后是谁家院落？有少女细嫩的声音合唱着一首民谣，歌声与笑语传过波光粼粼的河面，轮渡上的餐厅已经亮起了灯，细白桌布上摆着的餐具与鲜花依稀可辨。河岸上的大树因为残余的夕照使得背光的树干显得更黑更粗，往西方望过去，河水原本就反光，但是夹在几棵粗黑树干之间的河面更是亮得像金色的镜子一样，这一长条的水天交界之处是整片暮色里的精华地带，让人忍不住要往那个方向一直走过去，沿着河边，长长的小路也一直延伸着，仿佛永无尽头。

飞鸟在水面低飞掠过，河边有些地方草长得很高也不割，留着野趣，草丛间的小径上铺满了从树上刚落下的细碎花瓣，洁白而又轻柔，几乎让人不忍践踏。

一个高大的男孩骑着自行车经过，惊动了几只正在觅食的小黑鸟，但是它们也不过跑了几步就停了，也不走远。

我轻轻哼起了那首《罗蕾莱之歌》：

　　莱茵河慢慢地流去

　　暮色渐渐袭来……

　　是先要有了一条河，才能有一首歌的罢？我问父亲，父亲笑着点
头，说当然是这样。

　　然后我就站住了，有一个问题从心中涌了出来却不想启口。

　　父亲啊！我们的河流、我们的歌在什么地方呢？

泰 姬 玛 哈

"美"，只在瞬间出现，有时候根本不容人靠近，宛如在云雾掩拥里汪洋上的孤绝之岛，偶一现身之后，总让人怀疑刚才是不是真的见过她。

譬如泰姬玛哈。

泰姬玛哈曾经是我自幼心向往之的书上的图片，十年前，我终于去了，在那里度过两个黄昏然后回来，现在，一切又复归是书上的图片。

我只能说：

"我去过了。"

当然，我也还留了一些细节可以向你描述，譬如那向晚的轮廓模糊的平原，还有从平原上吹过来的微微有点温热的风，粉红与乳黄相并而成的大理石平台上，有几朵随风落下的白色的素馨花。

可是，也就只有这么多了。

而手边所有的关于历史的追溯，或者关于工程的浩大与匠心等等都不过是旁白，是叙述用的资料，一如书上的图片，只供导引与参考，却绝不是事件本身。

今天的我，翻开书来，只能说我曾经去过那么一次，却不敢确定到底有没有见过她。

泰姬玛哈从来不在这些资料里面，也不在游客拥挤的门廊之间。

绝美的容颜一如庭中那树繁花，只在极短的梦境中自开自落。

面　貌

不论是在东方还是西方，不论是在哪一个国家里，凡是学艺术的年轻学生，好像都具有一种相同的特质，也因此而让他们显得有些与众不同。

这种特质很难形容，其实并不在一些特异的穿着与举止之上，而是在他们的表情与眼神之间，让我在人群之中很快就能辨认出来，也让我心生喜悦。

尤其是在博物馆和美术馆里徜徉的时候，看到他们对着挂在墙上的艺术品凝神端详时的那一张又一张仿佛发着光的年轻面庞，每每让我在心中暗自惊叹。

他们长得多么相像！

那种专注，那种安静，还有那在心里熊熊燃烧着的希望之火，真的可以让他们在不同的时空里变成了有相同面貌的人。

我想，这应该就是对"美"的信服与渴望所能造成的影响罢。

我喜欢看见这样的年轻人。

在同时，我也着迷于年迈的艺术家的面孔。真的，不论是在东方还是西方，不论是在哪一个国家里，凡是画了一辈子，走过漫漫人生长途的老艺术家，在他们风霜的面容之上，也都具有一种相同的特质，是那种特别吸引人的自在与从容。

独独只有中年的艺术家在信仰与企求之间浮沉不定，置身在暗潮汹涌的大海中，不知道何去何从。有人从此沉沦，有人还在挣扎，破碎的波涛之间飘荡着惶惑的面容，没有一张相同。

荷田手记 之一

在花开的季节里，想看荷，就开车南下去嘉义投宿。第二天早上四点半起床，五点出门，开了十几公里之后，我就可以安静地站在台南白河镇上任何一方荷田的前面了。

整片大地都还在暗暗沉沉的底色里，只有荷田浅水处那些枝茎空疏的地方，水面倒映着欲曙的天光，开始这里那里像镜子一样地亮了起来，由于光的来源还很微弱，这些碎裂的镜面也就还有点沉滞和模糊，像博物馆里那些蒙尘的古老铜镜，带着斑驳的锈痕。

我就站在旁边，站在植满了老芒果树的产业道路上，静静等待，等待那逐渐明亮的天色，等待那日出的一刻，等待那一层一层把镜面拭净擦亮到最后不可逼视的刹那。

在那日出的瞬间，水色几乎就是灿然的光，让一丛丛的莲枝荷叶都成了深色的剪影，仿佛是刀刻出来的黑白分明。而在这之间，只有落单的荷花，花瓣在逆光处虽然薄如蝉翼，却还能带着一点透明的粉紫，既是真实又如幻象，让人无法逼视。

在那一刹那里，我心中空无一物，却又满满地感觉到了那所谓"美"的极致，只有这样，只能这样罢。那灿然的瞬间短到不能再短，只好用我长长的一天不断地去回味，所谓创作，不过也只能是一种追寻与回溯？

荷田手记 之二

莲房藏着莲子，莲子之中又藏着莲房。

整片荷田，整个夏季，一切的纷纷扰扰都是为着这一场孕育。

在层叠透明的花瓣深处有一个嫩黄色小小的莲蓬，向四周伸展着金丝般的细蕊，是欲望是诱惑也是逼迫。荷的亭亭，荷的娇美，荷的芳馥，都只是为了一个目的——生命的延续，可是，她却是不自知地慢慢生长着而已。

一个女子也是如此。

有年夏天，读里尔克写给年轻诗人的信，读到恸哭，心中的痛是因为叹息这领悟为何来得这样晚！要用如许悠长的年月才能挣脱教育加之于我的束缚，才懂得如何去看待自己。

恸哭也是有感于智者的仁厚。里尔克虽是男子，却不会沉湎于父权社会的优势，他愿意明明白白点出女性的价值，说出天地间生命延续的美与必然。

子宫的孕育是女子一生最珍贵却又最不能自知的盼望。我们拥有的是那样美丽、丰富而又高贵的子宫，却总是被教育成要怀着惶恐、羞怯甚至是羞愧的心情来对待它，一生的行为也因此而受到扭曲，这是多么荒谬的教育啊！

如果在盛夏，每一朵荷每一个女子都能知晓而且感受到生命中那醉人的芳华，此生才算不曾虚度罢？

篇七

虚幻的栅栏

暑假·暑假

　　那个暑假，怀着三个多月的身孕，我应聘回国教书。学校开学之前，都住在新北投的娘家。早上在院子里散步，常常看见幼稚园的娃娃车开上山来，接邻居的小娃娃去上学。

　　妈妈有天也站在我身边，她一面隔着矮矮的石墙向车里的小朋友挥手，一面对我说：

　　"真希望这个小家伙赶快生出来，赶快长大，到四五岁的时候，也来坐娃娃车，我就可以在门口接她送她，该有多好！"

　　我当时不禁笑了起来，我的天！四年或者五年是多长多久的时间啊！

　　妈妈说："你别笑我。我告诉你，这日子是越过越快的。尤其是小孩，在你旁边简直是挡不住地往上长。"

　　慈儿半岁之后，我们搬到新竹。妈妈想她的时候，就常常一个人从新北投坐汽车又转火车地来我们家抱外孙。每次都会说，这孩子长得真快，越来越抱不动了。

　　慈儿是在三岁多的时候混进了幼稚园的，虽然离家只有几步路，她也闹着要坐娃娃车，当然有时候总会出些意想不到的趣事，我添油加酱去说给妈妈听的时候，妈妈总是笑个不停。

　　一个夏天接着一个夏天地过去，这个暑假，想不到我们的小娃娃竟然也要考大学了！昨天下午，我觉得应该去告诉妈妈，我现在相信她说的话了——这日子真是越过越快。

　　然后才忽然想起来，妈妈已经不在了。

"扎须客"俱乐部

因为提早入学，又因为战乱，当然也因为自己的不用功，我的小学生涯过得很辛苦。一直没养成查字典的习惯，许多没见过的字都只好自己发音了。

有一天，忘了是谁先提起红拂的，反正到后来我强调我最喜欢的还是那个扎须客。听到这句话之后，丈夫先是呆呆地望着我，然后忽然从沙发上跳了起来，绕着屋子不断大叫大笑、又跺脚又叹气的，原来，他终于明白了我说的"扎须客"就是"虬髯客"的意思。

从此以后，丈夫对我在国文程度上的尊敬之心完全消失。好像一追究起来，我的错别字竟然越来越多，最后连我自己也惭愧得无地自容了，一直到我遇见了那几位朋友。

他们有的是生物学者，有的是摄影专家，也有的是写了好几本小说的。那天，我们一起去爬山，在路上和他们提起这件事，想不到五个人里面，有四个都是扎须客！

那天，散坐在几棵红花曼陀罗的树旁，我们彼此争先恐后地当众发表自己的错别字，仿佛那是一种奇妙而又丰富的财产。字音发出来之后，那些歪曲了的"形声""会意""转注"与"假借"之间的荒谬和精彩，让我们一次又一次地笑得东倒西歪，快乐和疯狂得好像又回到了童年。

从此以后，虽然并不能常常相聚，但是每次只要能见面，只要彼此称呼一声"扎须客"，那种肝胆相照、患难与共的豪情就会重新回来。

　　这就是"扎须客"俱乐部的由来，是为记。

写　生

在东台湾的深山里，我俯身从巨大的石块上观看流水。峡谷中的水流冰寒湍急，阳光照过来，水面跃动着如银芒一般的炫目光点。可是，透过水面，再往深里看进去，在水底有些永恒阴暗的角落，布满了斑驳静止的苔痕。

水不断从岩石间左冲右突地奔流而过，我把画架支了起来，伊格尔，如果生命不在水的流动中，它还会在哪里？

是在这峡谷两旁的山壁上吗？陡峭而长满了碧绿的樟树和青枫，秋深时，杂生在其中的九芎，叶子会转成深红如酒，光影层叠交错，远远望上去，整片山壁宛如一大幅唐朝的织锦。

是在这只低飞掠过水面的铅色水鸫的身上吗？小小的身影一闪即逝，却留下了鸣声清丽，在近水的草丛间低低回响。

伊格尔，有许多一闪即逝的美丽藏在我们的生命里。所谓"写生"，就是要把画架支在奔流而过的时光之中，对周遭的一切仔细观察、描绘和纪录。当然，相对于那在永恒阴暗的角落静静等待着的结局，这些片段的记录似乎没有什么意义，可是除此之外，我们也别无他法。

幸好，整个过程中，生的欢悦还是会随时出现，并且正因为那无所不在、黑暗和静止的衬底，才显得生命的颜色更为光耀鲜活。

伊格尔，在这一点上，请你要相信我。

圆　梦

在德尔浮（P. Delvaux）的世界里，充满了冲突：古典与新文化的冲突、希腊神殿与区公所的冲突、裸女与学者的冲突、安静的废墟与疾驶的火车的冲突；照理说，在看他的画时，我们都应该觉得急躁不安了，但是，相反的，他的作品总会令人安静下来。

因为，在德尔浮的画中，总有一个基调，就是一层清朗透明的月光。他并不用它来强调主题，反而用它来压抑主题，形成一种特色。

从童年开始，德尔浮就对火车和火车站有狂热的爱好，在他的画室里，摆满了大大小小、各式各样的火车模型。他也偏爱火车站，常用比利时常见的小镇车站来表达出一种孤寂空茫的气氛，当然，总是会伴随着一层月光。

前一阵子看到剪报，说是比利时人为了向这位大师致敬，请他担任一个小镇火车站的荣誉站长（据说这是画家童年的梦想）。

典礼那天，白发苍苍的老画家穿上全新的站长制服，站在月台上。火车鸣笛开动，缓缓开出站去，荣誉站长举手答礼之时，全场的观众欢声雷动。

用这样的方式来致敬与致谢，真是一则现代童话！想着还有这么多不失赤子之心的成人，愿意一起来和画家超越现实进入童年的黄金梦境，我不禁神往。

昨　日

赫奈·马格里特（R. Magritte）是超现实画派里的魔法师。他善用荒谬唐突的对比，来解开人类观察和思维方式的积习，使得观众的心灵得以自由地超越现实生活的藩篱。

可是，在画家的心中，却有一处囚室，囚禁着他自己的一部分，终生都无法开启。

马格里特家有三兄弟，他居长。在他十四岁的那一年，有天晚上，全家都被幼弟的哭声所惊醒，原来该和小儿子同睡的母亲忽然失踪了，有人循着她遗下的踪迹寻找，发现她走出了门，一直走到桑布赫河的桥上，然后投河而死。在当时没有人和她在一起，事后也没有任何人能够知道，她遽尔轻生的原因。

画家的挚友之一曾经说过一段关于画家的特殊性格，他说：

"他拒绝回忆。对他来说，与《昨日》相联结的一句话就是：'我不记得了'。"

而其实，在画家的作品里却不断透露出讯息。像《归巢》那一幅，宽大的窗台上有个小小的鸟巢，巢中有三个蛋，窗外的天空是暗沉沉的，有一只巨大的鸟凌空飞过，透过这只飞鸟的剪影，是一片只有梦中才有的蓝天白云。

这样的题材反复出现，可怜的十四岁的心灵一直盘踞在画面上。对画家来说，《昨日》恒在，永远与哀愁和渴望同来。

？　！

有一年夏天，去南部写生，晚上住在台南大饭店，大概是来了几个旅行团罢，整个旅馆大厅充满了外国观光客。

晚餐之后，只想赶快去休息，我一进电梯就按了上楼的电钮，几乎把跟在我身后的几个外国人夹在门缝里。我赶忙用英文道了歉，他们进来之后，也对我笑一笑，表示原谅，然后就安静地等待电梯往上升。

这时候，他们之中有一个对同伴说：

"她真是个急性子！"

他说的是法文，我不禁笑了起来，就面对着他，也用法文说：

"是啊！我就是性子太急，刚才真对不起。"

三个金头发的大男人都怔住了，大概没想到在这里刚好有人听得懂法文罢，那个闯了祸的更是不自然，整个脸都红了起来。

回来之后讲给姐姐听，姐姐说，这个人闯的祸还算小的。她告诉我，有一天，两个中国女学生在纽约坐电梯，进来了一个化妆得很厉害的西方老太太，有一个中国女孩就对朋友说：

"我的天！没看过这么丑的人！"

想不到，那位老太太微微一笑，竟然用带着洋腔的中国话一字一句清清楚楚地回答：

"四十多年以前，我在上海，还算是很漂亮的呢。"

骗婚记

在比利时的鲁汶大学城的中国学生中心里，他是令我印象深刻的男孩。

他爱猫，声音是好听的男低音，国语更是惊人地标准，而最让我倾心的是，在打乒乓球的时候，他从不像其他男同学那样轻视女生，随便两三拍就把我们打发掉了。他刚好相反，每次和我打球，都是全力以赴，可惜他球技不如我，最后总是会输上一两分。他也很有风度，输了球还会笑嘻嘻地请我去公园散步。

我不知不觉地爱上他了。可是，要怎样才能让他也开始爱上我呢？

机会来了，有个周末，我照旧从布鲁塞尔坐火车来中国学生中心玩，发现别人都很健康快乐，只有他一个人因为重感冒躺在床上，问他要不要吃饭他也说没胃口。于是，我跑到他们厨房，找到一个小锅、一小把米，就很耐心地熬了一锅稀饭。其他的同学过来问我干什么，我说刘海北感冒了，我来熬一锅稀饭给他吃。

于是，整个男生宿舍都轰动了，每个人都来问刘海北稀饭好不好吃？他回答时脸上的得意光彩，让我知道我已经成功了。

结了婚之后，他当然很快就明白我是从来不爱做饭的。可是，奇怪的是，他原来也并不爱打乒乓球，好不容易求他和我打一次，总是两三拍一挥就把我打发掉了。

妆　台

我最早注意到那扇窗户是因为它的灯光。

窗户在二楼临街，和窗子正下方啤酒馆闪亮的霓虹招牌比起来，它的灯光显得非常昏黄黯淡。而就在那样的灯光下，每天傍晚，有一个东方女子的侧影开始仔细对镜梳妆。

那年夏天，我是个在布鲁塞尔老旧的市中心一间中国饭店打工的学生，她是饭店对面啤酒馆楼上小房间的单身房客。

因为光线比较暗，因为距离比较远，当然，也因为我还要忙着端盘子，所以我始终没能够看清楚她的相貌，只知道她有一头乌黑浓密的长发，有时候盘上去，有时候放下来。

有一天，饭店的主人钱伯母刚好也站在我身边，她告诉我，窗前的那个女子是越南人，跟着刚嫁的法国丈夫到欧洲来，丈夫突然死了，夫家的亲戚也不接纳她，一个人就住到这里来。最近这一阵子，有个比利时人每天傍晚都会开辆跑车来接她，好像是追求她的样子，可是看着又不挺认真。所以，她每天一到这个时候，就必须仔细地对镜梳妆罢？

当时年轻的我，满足了好奇心之后，也就转身去忙别的，逐渐把这个故事淡忘了。

奇怪的是为什么今天晚上又会重新想起她来。许多年都已经过去了，我忽然很想知道，在那样昏黄黯淡的灯光下，一个孤单的越南女子，把全部的挣扎、努力和希望都放在那一面镜子上之后，结果到底是怎么样了呢？

魔　手

嫁给他之后，才领教了"魔手"的厉害。

无论任何东西，只要从他手上经过，就会马上消失，而且，越重要的，消失得越快。

前几年，我还常以替他找到这些失物为乐。他来向我求援的时候，我通常都会在他所宣称"已经找过了"或者"绝不可能"的地点，信手一拈就是那苦求而不得的宝物——也许是图章、也许是信件、也许是他阁下明天要用的飞机票。他总是会对我万分感激，拥抱再三。

可是，年深日久，再好的太太也会变成一副铁石心肠，反正家里重要的证件都在我手上，也就不太热衷于他的搜寻活动。一年又一年地过去，他依旧在我旁边不停地翻箱倒柜，我有时候帮个忙，有时候就假装视而不见了。

昨天晚上，我实在没办法再假装看不见，因为他已经把客厅沙发每一个垫子都翻了过来，我问他到底要找什么？他说：

"我在找我的姨太太。"

他的姨太太是竹子做的，细细长长用来伸到背后搔痒的小东西。于是，我这个大太太只好站起来去帮他找到了，为了还报我，他说：

"我明天去买五个来，一个门把上绑一个，这样以后就不用麻烦你找了。"

我不相信他。我知道，再多的姨太太到了最后恐怕也是难逃他的魔手的啊！

旧　事

这已经是许多年以前的事了。

那个傍晚，我去布鲁塞尔的海关领包裹，出来的时候，看见了一幅很奇异的景象。

就在对街，隔着一条狭窄的马路，有人刚从海关领出来七只巨象，排成了长长的一列，也正沿着路边慢慢往前行进。

好奇怪的行列！青灰色布满了皱褶的庞大身躯几乎有一层楼高，我想它们如果拼起命来，应该扯得断那条铸链的。可是，它们非常安静地走着，除了铁链互相碰触的金属声之外，七只巨象竟然没有发出任何其他的声音。天色渐暗，有一两间咖啡店和酒馆开了灯，昏黄的灯光从它们腿部的空隙间穿过，在石块砌成的古老街道上做出一些模糊和晃动的影子来。

我当时心里有千万种不忍，几乎想跑过对街去哀求那个牵象的男子，求他想办法把这些动物再送回去，送回到它们原来的山野家乡。

当然，我并没有那样去做。回到宿舍，拿起画笔来，又想要试着在画面上向这个残忍自私的世界表达我的抗议。

这已经是许多年以前的事了。当然，那张画也始终没画完。因为我还要忙着读书，后来又忙着结婚、生孩子、带孩子。孩子小时我们最常去的地方是动物园，最爱看的电视节目是大马戏团的表演。

海 洋

在海边，F 给我说了一个故事。

他有一个朋友，曾经在远洋轮船上做过事，同船有个希腊水手，长得像希腊雕像一样完美，人很活泼又肯认真工作。只是，每到一处港口，就会早早地跑下船去，一直要到开航前的最后几分钟，才再急匆匆地跑回来。

朋友知道海上的寂寞，所以，当这个年轻的阿波罗向岸边不断挥手时，他也总会跟着水手的目光望向那码头上的女子。

走过了几处港口之后，朋友万分惊讶地发现——在每一个码头上向这水手道别的，竟然都是同一个女人！

这个女人原是法国一所学院的教授，在四十岁那年识得了这个希腊水手之后，就狂热地爱上了他。于是，辞去了教职，紧跟着这条船的航线到每一个停泊的港口来等待她年轻的爱人。这样追随了两年之后，他们终于结了婚，在法国南部定居了下来。

海浪在阳光下起伏，我说这不是很美吗？

F 微笑地看着我，再继续说下去：

"可是，两年之后，他们又离婚了。水手重新回到船上，他说到最后夫妻终日默默相对，说不上一句话，还不如回来面对海洋。"

让这两个人分开的原因，我想，只有眼前这广阔而又深沉的海洋才能完全明白的罢。

默　契

我在新竹教书，有一阵子，下课的时间刚好和附近几间学校放学的时间相同，在回家的路上，都会遇见学生在十字路口做交通安全的宣导工作。

不管是小学、初中还是高中生，大概都是轮流担任的公差罢。穿着特制的黄背心，戴着黄臂章，有的还举着一块木头牌子，上面写着"请走斑马线""请勿闯红灯"等等的标语，写得最多的两句话，当然就是："交通安全，人人有责"了。

可是，尽管这些孩子站得笔直，牌子也举得高高的，他们周围的人群却似乎是活在另一个世界里。所有的人依旧任意穿越，任意行走，任意破坏一切的规则。

在欧洲，其实也常有行人在绿灯没亮时就赶着跑过去了，好像也没有人会特别怪罪他。可是，昨天下午，和父亲站在波昂街头等着穿越马路的时候，我们身边有一个男子已经一只脚都跨出去了，又忽然收了回来，然后乖乖地等着灯号变换之后，再和大家一起走过去。

父亲对我说：

"你注意到没有？因为对面有人带着小孩。在德国，凡是有小孩在场的时候，大家都要切实遵守所有的交通规则，才能给孩子做榜样，这可以说是成人之间的一种默契。"

虚 幻 的 栅 栏

常听人赞颂青春，说是怎样地无拘无束、海阔天空；每个年轻人的心胸，都像是一扇敞向无限的门。

但是，对我来说，不幸得很，我的青春时代从来没能符合这种理想。

我年轻的心，其实是蒙蔽着的，并且还关得很紧。

当然，我本身的个性要负起一些责任，可是却绝不应该负起全部的责任。当年的我其实是被一种虚幻的栅栏所限制住了，真正的自我因此而踟蹰不前，终于错过了成长的最好时机。

从小开始，周遭的一切都苦口婆心地要把我塑造成一个"符合需要"的人。我不能说这样就是全错，因此，我对这种教育用的形容词是"虚幻"而不是"虚假"，就是因为我认为这其中或多或少还是包含着一些善意的本质。

可是，我的价值标准、我的思考能力，甚至我的审美经验都有了差误。一直要到了进入中年之后，才努力挣扎想要把那被囚禁着的心室打开，可惜，有许多地方都已经变得呆滞和迟钝，永远不可能再复原了。

H也和我有同样的感觉。有一次在山里遇见了，我指着他带领的那班学生，问他这些年轻人的环境会不会比我们当年的要好多了？

他回答我说："还不够！还应该更好！"

琴　音

女儿四岁的时候，我们给她买了一架杂牌钢琴。住在乡下，很难找到调音师来保养，气候也潮湿，几年下来，有些琴键就不肯动了。

在她初中二年级的寒假，全家搬来台北，我和她父亲咬紧牙关，终于想办法给她换了一架新琴。每隔半年，专业的调音师会自动打电话来约时间，每次都认真地工作上一个多钟头才走。

有一次，他忽然对我说：

"刘太太，你女儿最近很用功嘛！"

那时候女儿早已进了高中，练琴的时间确实比以前多了许多，可是，这些难道可以从钢琴上看出来的吗？

"当然，一听就知道。"他又说：

"钢琴这种乐器，一定要经过长时间认真的弹奏之后，它本身真正美好的音色才会慢慢出来。我想，前两年你女儿碰它的时间太少，要到今天才算是对得起这架琴了。你听，现在它的声音多好！多不一样！"

他弹了几个音给我听，说实在的，我这种耳朵并不能听出来有什么不一样。可是，他那天说的这几句话，我却颇有感触。

真的！岂只是钢琴这一种乐器而已，这个世界上任何一种工作，不都是你放进去多少力气，它就会忠实地反映出多少成绩来吗？

徒 然 草

在生命里，我们几乎每时每刻都在犯错。

那所有应该做而没有做的，逐日侵蚀沉淀之后，贮满泪水，就成为遗憾湖。

那所有不该做而又做了的，层层堆积重叠之后，暗影耸然，就成为悔恨山。

在这湖山之间，我们只有一条窄路可以走，只有一种方法可以减轻那压在心上的重负，就是——进入文字的领域里，或者去读，或者去写，才能和"生命"取得些许的平衡。

而所有我们曾经读过的文字，不管是几千年前的埃及人留下来的，还是我们身边的一个朋友刚刚才出版的，只要写作者的态度是诚恳的，那么，这些书都会有个共通点，就是：文字之间必定充满了矛盾。

因为，一个人写出来的面貌，除了是他"能够"呈现的自己，更是他"渴望"呈现的自己。但是，用文字将时光停格之际，一颗诚恳的心，只能尽力去描绘，却又绝不肯粉饰，所以，他给我们的线索越多，矛盾也就越深。

今夜重读李永炽教授译的《徒然草》，兼好法师那样淡然而又冷静地描绘着他其实热烈地生活在其中的世界，美因为无常显得更美，万事因为皆难前定才能显得真实不乱。而他的序言只有四句："无所事事，终日面对砚石，信笔写下浮动心中的琐事，想不到竟觉疯狂愚蠢。"

篇八

芳香盈路

常　玉

一幅画，其实就是那个画者的渴望和灵魂。

一九六四年秋天，刚到布鲁塞尔不久，就在朋友家里看到了常玉的画。

大概是十二号左右的小小横幅，比平常的尺寸要更狭长一点，茶褐的底色上画着横枝的菊花。枝干墨绿，花瓣原来应该是洁白的，却在画家笔下带着一层仿佛被时间慢慢染黄了的秋香色。画布和油彩都是西方的，但是，画面所呈现的却是烟尘之后的中国，那种淡泊与宁静的气氛我有时候可以从父母的旧相簿里感觉得到，是已经消逝了的二十年代的人文风华。

这种感觉是后来回想的时候才逐渐出现的，而在当时，年轻的我，正目眩神迷于西方美术的真迹，每天在博物馆和美术馆里跑上跑下，心里充满的都是米开朗基罗和罗丹那些气势逼人的作品，对于常玉这张颜色黯淡的小画，并没有什么兴趣。倒是听朋友说的关于他如何错过一次又一次机缘的那些故事，让我印象深刻，真是个脾气古怪的画家啊！

其实，一九○○年出生于四川富商之家、十七岁进上海的美术学校、十九岁留学日本、二十岁就到了巴黎的常玉，应该算是幼有大志而又很幸运的年轻人。他在巴黎也确实有过一段狂热的创作时期，参加展览，结交艺术家，在二十八岁那年娶了一个法国侯爵的女儿，作品也得到收藏家的重视，应该算是很顺利的了。

但是，没有人能够知道，在三十岁之后，是什么让他与妻子离异？是什么让他将家财逐渐散尽？是什么让他漫不经心地拒绝和错过了许多机缘？是什么让他慢慢变成了一个闭门独居，潦倒到要靠法国政府救济金度日的老人？从来没人能够明白，常玉为什么会把自己的一生陷入如此不堪的境地？

　　一九六六年秋天，传来他在巴黎住所煤气中毒去世的消息，那张小画从我心中一闪而过，在那层深暗却又透明、如漆器一样光泽的画面之下，有些什么开始触动了我。

　　但是，真正能够体会到那种触动的本质，是要在隔了许多年之后了。这中间看过两次常玉的画展，每次站在他的画前，那个烟尘之后的古老安静的中国就在菊花与莲荷之间翩然重临，我心中不禁隐隐作痛，是怎么样的寂寞乡愁在啃啮着艺术家的一生？昨日书房的一角，洁白的花瓣分明还在枝头盛开，却又不得不随着日复一日流逝的时光逐渐变黄变暗。

　　一幅好画，其实也是一个时代的渴望和灵魂。我想，常玉用一生来追忆与捕捉的，不仅仅是他自己的梦里家乡，却也是每个中国人深深疼惜的美丽中国啊！

论席慕蓉

从前，我总以为写诗是件很个人的事，与他人并无关联。不过，现在的看法有些改变了。

自从一九八一年七月《七里香》出版之后，十几年来，诗集的读者从台湾逐渐延伸到大陆、到海外的华人世界，甚至那些被译成蒙文的短诗，竟然一直传到我的梦土之上传到那遥远的内蒙古家乡。我才发现，原来那终我一生也无法一一相认的广大而又沉默的读者群，并不是一种抽象的存在。他们虽然安静无声，却又像是波涛起伏的温暖的海浪，绵绵不绝地传送到我心中，让我感受到了人间的真诚与善意。

不过，在另一方面，我同时也遭遇到一些困扰。在最初，因为诗集如此畅销，似乎前所未有，所以常会被写诗的人当做一种现象来讨论，这也是正常的。但是，其中有少数人的态度非常激烈，甚至发行小刊物对我做人身攻击。对这些，我从来没有说过一句话，因为，我相信，时间会为我作证，替我说明一切的。

十几年都已经过去了，时间果然一一为我作了证明：首先，我并没有因为"畅销"就去大量制造，从一九八一年到如今，我只出版了四本诗集。而在这段时间里，许多位文坛前辈也表示了他们的意见，四本诗集中，有两本分别得到了中兴文艺奖章与金鼎奖，另外还有一本被推介为青年学子的课外读物，在书单上，与多位作家的经典作品并列。最近，一位得到文学奖的年轻诗人在简历上说，他是先读到我的诗，然后才开始去研读名家的诗作，终于自己执笔写起诗来的。这让我觉得很荣幸。可见，有诗集让年轻人对诗发生了兴趣，对"文学"来言，并不是绝对无法容忍的坏现象了罢？

但是，昨天，朋友在电话里告诉我，说是不久以前，有诗人在报纸上说："他的一位写诗的朋友宣称，如果自己的诗集销得像席慕蓉的一样，他就要跳楼自杀！"却让我在哈哈大笑之后又觉得有极深的无奈，不得不在这里说几句话了。

文学中有多少层次！有多少不同的境界与面貌！为什么却总是绕着"销售"这个题目打转呢？

为什么总喜欢说：这人是畅销作家，那人是严肃作家，似乎认定只有这两者，而且两者必然对立！其实，除了某些刻意经营的商业行为之外，书的销路，根本是作者无法预知也不必去关心的。因此，我们可以批评一本畅销书写得不好，却不一定可以指责这个作者在"迎合"大众，因为，这可能会与实情不符！

反之亦然，不畅销并不一定就等于创作态度严肃。（而且，只有态度严肃并不等于写出来的就会是伟大的作品罢？）因此，在创作之前，先自封为"严肃作家"，实在是种很奇怪的态度。先给自己戴上了一顶高帽子再来提笔，岂不也是戴上了另外一种名利的枷锁？

我自认是个简单而真诚的人，写了一些简单而真诚的诗，原本无意与任何人争辩。我只是觉得，如果有人努力要强调自己"不屑于畅销"的清高，那么，他内心耿耿于怀，甚至连自己也无法察觉的，是否依然只是"销售"这件"庸俗"的事呢？

诗 与 诗 人

> 诗人族的盛宴里
>
> 我的姓氏未曾被叫唤过
>
> 散会后，他们戴着桂冠
>
> 并且相互赞美
>
> 唯独
>
> 我
>
> 将哑言的瞳孔开放给
>
> 最远最冷的
>
> 一颗星

这首诗是路寒袖在一九七九年冬天的作品，诗题是《诗人族》。我们虽然并不能因此而断定这就是路寒袖的自画像，不过，在这首只有九行五十二个字的诗里，他确实是把一个诗人孤独傲岸的心情与身影都描绘出来了。

诗人写完诗之后，到底是应该独行还是应该成族成群，其实并无定论。我是觉得，只要诗写得好，他愿意怎么去过他的这一辈子都无所谓。读者读诗，应该只在诗的本身，即使诗人偶尔有些奇怪的言行，只要诗是好的，读者总是会很快就原谅了他。

而在创作者这方面来说，一个可以写出好诗来的诗人，在别的地方都可以退让，不多坚持，但是，无论如何，在对于诗的本质的认定上，却是绝对不可以混淆的。如果只因为形成了族群就要互相赞美，或者只为了害怕被否定就要加入族群，那么，诗人到了这个地步，早就已经失去诗心，所谓的"盛宴"，也不过就是令人心生怜悯的喧哗罢了。

与路寒袖相识已有几年了，虽然并没有很多机会可以深谈，但是，每次相遇，总觉得他待人诚恳而又谦和，要到读了他的诗之后，才能微微领略到他的孤独与傲岸。

这应该是一个诗人必有的品德罢。

诗人多不愿意伤人，却很容易受伤。受伤之后，安静地提起笔来，努力寻找那准确的语言，一字一句，去探索那伤痛的起源、去描绘那寂静而又曲折的路径、去呼唤那深藏在什么地方从来不肯现身的羞怯的灵魂。

这样的诗篇，正如诗人的朋友林苍郁先生所说的：

"真诚写诗人的可贵与难为，在于经历长远深沉的寂寞，犹能抛掷脆弱的生命，以一次又一次的造形来感动自己，并且在无意之中安慰了他人。"

那最远最冷的一颗星，内里最深处依然有着炽烈的火焰，从不停息。即使这世间一切的喧哗都终将过去，诗篇依然会流传下来，当然，还有一颗孤独与傲岸的诗心。

对于路寒袖，这位年轻的诗人，我们都深深盼望，并且祝福。

傅 先 生

　　他突然觉得心里很难过，很慌，脚软得一步也迈不出去，只好靠着人行道的墙边慢慢地坐了下来。在欧洲住了怕有三十年了罢，搬到这个城市的这条小街上也有十几年了。下了班以后常常到附近的小杂货铺里买点果汁或者饼干什么的，走惯了的石板砌成的斜坡并不太陡，就当做是一趟日常的散步。但是，这天，在事前毫无征兆，就在买了东西往回走的路上，他突然发现，自己再怎么也走不回去了。

　　家其实不远，就在斜坡高处，过了加油站那条巷子的后面。初冬的午后，日落得早，天色已经有点昏暗，对街的人家点起灯来，有位老先生开门出来，惊讶地面对着他。

　　住了十几年，附近的人也都知道这个中国人是邻居，老先生吆喝了一下，大概他的脸色实在白得吓人，于是大家七手八脚地给他叫救护车，打电话通知他太太，每个人都猜想可能是心脏病突然发作。但是，住进医院之后，做了许多检查，什么毛病都没有，生理上很健康。医生说唯一的可能是工作负担太重造成的心理压力，劝他出院后尽量减少工作时数。

　　但是，傅先生并不这么想。他自己一直都能够享受到认真工作所带来的乐趣，不管是从前在台湾还是这三十年来在欧洲，作为一个在外工作的人，他从来没有讨厌过自己的工作。

　　并且，这次的病很快就好了，出院之后，他照旧回去上班，照旧为别人奔波忙碌，几年都过去了，也没再出事。

　　去年暑假，我在他们家住了几天，有个傍晚，傅先生和我出来散步,走在那条斜坡上,他慢慢向我说出这段往事。他说在这件事之后,自己仔细想了很久,大概知道可能是什么原因了——

就在那天之前,不知道是在个什么样的场合里,有人问他出国有多少年了,算着算着,心里忽然岔过来一个念头,他说:"我忽然想到,自己的父母再怎么高寿,也不可能活到现在了罢?"

二十岁刚出头就遇到战乱,和年轻的女朋友是在家人催促之下匆匆成婚,为的是好结伴逃离家乡。他是家中幼子,在离别的时候双亲就已经有年纪了。这么多年漂泊在外虽然毫无音讯,心里却恍恍惚惚地相信总会有重逢的一天。

可是,日子一算清楚之后,模糊的期望突然破灭,他说:"我忽然明白,原来这辈子已经不可能再见到自己的父母了。那种猛然间把一切都看得清清楚楚的感觉,好像五内震动,真是难受啊!我后来再回想,大概就是因为这样才生了病的罢?"

事情到底已经过去好几年了,所以傅先生向我说这段话的时候声音非常平静,仿佛在描述着一段他人的情节。

天色向晚,路旁的人家都已经亮起灯来了,从洁白的蕾丝窗纱望进去,那室内的灯光显得特别柔和、特别温暖。

傅 太 太

　　那天晚上，在灯下，傅太太微笑地伸出双手对我说："你看，我这双手，我哥哥要和我分开的时候，什么话也不说，就把我的手搂住，一直轻轻地摸，轻轻地拍。"

　　刚刚招待我吃完一顿很丰盛的晚餐，桌子都整理干净了，又泡上一壶茶，傅太太才坐了下来，从桌子对面伸过手来。灯光下，她的一双手丰厚而又温暖，我也不禁轻轻地抚摸了一下。

　　她又说："刚回到家，二姐就对我说：'不许哭'。我就真的一直不敢哭。从小在这几个姐姐里，我就最怕二姐，她功课、品行什么都好，人又要强，顶看不惯我这个软弱爱哭的妹妹。在北京大姐家里住了好几天，二姐来看我也不跟我多说话，我要问她，她就说：'有什么好说的？'头发已经雪白了，腰杆还是挺直的，虽然不太开口，可每天都从大老远骑车来大姐家看看我。说也奇怪，都这么大年纪了，但是只要二姐眼睛一看我，我还是心慌。"

　　傅太太说着笑了起来，是那种我很熟悉的有点无辜又有点顽皮的笑容。当年刚到欧洲读书的时候，我就被她的笑容吸引住了，两个人的年纪虽然有点差别，玩到一起却是一样地疯，因此常常被傅先生取笑。

　　那天晚上，傅先生又过来说她了："谁叫你排行最小，不管你现在多老，在她们前面还是只能做老么。"

　　大概是这样罢。不然，隔了四十年没有相见的姐妹，要怎么样才能相认呢？必定是在那叫出了名字的同时，旧日的一切记忆包括敬畏包括疼爱包括秩序等等都重新完完整整地回来了罢！

　　她说："可是，等到哥哥一来，见到我第一句话就说：'要是妈妈还在的话该多好！'

　　"这句话一说出来，大家全哭了，二姐还不是一样，哭得比谁都凶。"

　　我不太敢说什么话，怕傅太太也许又要难过了。但是，她的情绪还算稳定，在灯下慢慢地观察自己的双手，隔了一会儿，她抬起头来对我说："我现在常常会看着自己这一双手，想着这是我的亲哥哥疼惜过的一双手，我就止不住要一次又一次地回想那种感觉。你懂吗？我这样说，你能懂吗？"

　　我向她点了点头，我想，我应该是能懂的罢。

芳 香 盈 路

水仙上市了。虽然还只是些刚抽出的小芽，可是因为卖花人在每一株芽根上都围了一圈红纸，年节的气氛马上就显了出来。

我喜欢那种气氛，喜欢那种世界，那种可以同时是简单又是复杂、是幼稚又是深沉、是热闹又是冷静的心情。

喜欢学做一个这样的中国人。

带着孩子，我们就在花市前一株一株地慢慢看过去。在浅水的盆里，摆着细碎的白石子，凯儿说那些都应该是上好的打火石，放在水里岂不是太可惜？

我微笑地看着孩子天真的脸庞，心里想的却是我那遥远的童年。紧牵着母亲的手在人堆里跟出跟进，那时候，喜欢的好像也只是浅水盆里的小白石子，一直追着妈妈问，花谢了以后可不可以把石头都给我？

那个时候，恨不得把所有的压岁钱都拿去买了鞭炮和焰火，有一种细细红红的小鞭炮，两排结成一串，可以一个一个撕开来慢慢地点，声音也不很大，但是和小朋友互相投掷偷袭的时候，仍然可以给我们一种惊颤刺激的快乐。玩累了我就会溜回家吃点东西，在温暖的厅堂里，水仙花静静地开放着，空气中有一种淡淡的芳香，幼稚的心灵忽然添进了一些不一样的情绪，开始喜欢起那盆植物来了。

其实，年幼时过的都是流浪的日子，再幼小的心灵也能感受到周遭的压力，可是，每逢年节，父母仍然尽力设法给我们烘托出一种欢乐的气氛来，为这，我不得不感激和敬佩他们。

我相信，几千年来的中国人也都是这样过来的。我相信，在他们那个时候，生活也一直是紧张和艰难的，在周遭也无可避免地有着阴影；可是，他们却仍然把每一个年节都欢欢喜喜细细致致地过下来了。我想，这大概就是天赋给我们一种求美求好的力量了吧。

生命里能够让我们欢喜满意的时刻实在不多。在我们一生里，常常要付出很多无谓的代价，才能够得回所期望的那一点点快乐，但是，也就因为如此，才使我们格外感激珍惜。

对水仙的感觉也是这样。喜欢在喧闹的年节里买上一盆摆在家里，这样，我们才可以一方面尽情投入这种人世间最单纯与荒谬的热闹，一方面又可以不时地对那盆水仙看上一眼，心里知道，在那个角落，有一种安静而又细致的幸福正在慢慢酝酿。

喜欢这一种时刻，知道生命除了外表的喧闹与不安之外，在内里还有一种安静和慎重的成长，不会因为时日的推移而消失，就好像这水仙淡淡的清芬一样。

于是，日子才可以这样一年一年地过下去，水仙花成了这条曲折长路上的一种安慰与凭借，盈路的芳香陪伴着我的成长，也温暖了我这一颗时时在回顾与前瞻的心。

喜欢做一个这样的中国人。

睡　莲

　　我一直相信，一个创作者所能做到和所要做到的，应该就只是尽力去呈现他自己而已。

　　但是，要让这个"自己"能够完整和圆满地呈现出来，要在一件作品里，把所有的思路与感触都清清楚楚、脉络分明地传达出来，却又是一件多么困难的事。

　　那天下午，我站在纽约的现代美术馆里，长途飞行之后，最想见到的第一张画仍然是莫奈的大幅睡莲。当那熟悉的波光与花影迎面袭来的时候，我心中无限酸楚，热泪夺眶而出，我终于明白了，在这世间，所谓的"完整的传达"，其实是不可能的。

　　在那样巨大的画幅之上，已近八十的莫奈费尽气力纵横涂抹的其实哪里仅仅只是为了几朵睡莲？哪里仅仅只是为了一处池面与池中的光影变化而已呢？那画布上重叠又重叠混乱而又激动的笔触，几乎就是一个艺术家从灵魂深处向我们发出的呼唤，努力想要告诉我们这个世界曾经怎样对待过他，而他又曾经怎样看待过这个世界。他几乎是用了一生的时光，用了所有的朝晨与夕暮，用了所有的喜悦与痛苦来描绘他所热爱的一切。

　　但是，能留下来的却并不是那当初渴望着能完完整整留下来的一切啊！

　　艺术品挂在雪白的墙上，整个展览室内都因而映照着一层明净的幽光。莫奈已逝，对他来说，他已经尽可能地把那一个夏天记录下来了，但是，对我们来说，那个世界仍然太模糊而又遥远。我们当然会依着所有的线索去寻求了解，但是，却不一定能拿到每一条通路的钥匙。

我们不一定能完全领会一个创作者原来的心意。

生命与生命感觉虽然近似，却永远不可能完全相同，有多少误会与曲解要在传达的途中发生。而在一个单独的个体里面，也不可能拥有每次都能精确再现的经验。一个艺术家在创作的当时也不一定每次都能把握住那最初最强烈的感动，有多少凝视的眼眸，那顾盼的锋芒在光影变迁之下稍纵即逝？有多少原本飞扬有力的线条，在执笔的轻重之间失去了原貌？在传达的过程之中要经过无数次无法预见的误导与挫折，要想把握的，要想说清楚的，在最后其实是所剩无多了。

画已经挂在墙上了，我们所能了解的艺术品已经可以算作是完成了，但是，总有一些描绘不出来的感觉静静地横亘在那里，横亘在整个空旷的展览室中，也横亘在观赏者的心怀间，仿佛可以稍稍意会，却又不能精确言传。

画已经挂在墙上了，我们可以微笑地面对着一池的波光云影与花叶，心里真正的疼痛却是为了那些随着艺术家的逝去而永远不被人知悉的美丽的细节，为了那几朵不在画面上的睡莲，想她们怎样在一个无人能靠近的时间与空间里，自开自落，静静绽放，不禁神往。

然后，我才发现，在艺术创作上，真正令人感动落泪的一部分就全在这里了，全在这一种静默而又坚持的环绕在作品后面的空白里了。

山　樱

阿诺：

山樱开了。

这几天去山上的画室，不知道是怎样开的车。一路上去，在路旁有些开得繁茂的枝梢上，粉红的颜色已经接近到浓艳的程度，每次经过都不由得会令人惊呼。而那些刚刚开始，还是疏疏落落的枝丫，就会在近处或者远处的山坡上抹上一些恍惚的似有若无的淡粉，总让我要再费神去注视、去寻索，车速自然就慢了下来。

在阳明山加油站之前，有几棵巨大的山樱，也一次一次地在改变着颜色和形象，昨天上去，在浓绿的龙柏树丛之后，一个转弯，喧闹的花簇开满了，忽然兜头迎面向我扑来，我禁不住踩了一下刹车，心里忽然觉得慌乱了起来。

"美，总是令人分心的。"这是余光中先生的名句，阿诺，爱美的你，想必也会同意的吧？

而对我来说，美，还不只是分心而已，好像每次看到令我动心的美景，我就会觉得非常慌乱，手足无措，不停地问自己：

"怎么办？怎么办？"

我想，你会说，山樱开了，正好可以写生啊！

对，你说得不错，可是，要怎么画呢？要从何着手呢？

画山樱的艳丽吗？我的油画颜料如何能够表达出那些枝丫与枝丫之间由花簇所营造出来的厚度与层次？要如何抓住那些光、那些影子、那些我描摹不尽的流动的生命？

画山樱的疏落与空茫吗？我也许可以用铅笔和淡彩来做一些浅浅的勾勒，可是，那整座山的重量和枝头那一抹浅粉之间的关系，那看似随意随兴其实却彼此相连得紧紧的那种关系，我要怎样来表达呢？

阿诺，一到这个时候，我就觉得自己的无用了。我，一个所谓的会画画、会写生的人，在真正面对着生命的绽放时，却是完全无能为力了。

记得我总喜欢在山野间找一些不常走的路吗？记得我总喜欢挑一条更新鲜或者更安静的路慢慢开回家吗？

记得那一条夜色里静静在山中迂回的路吗？

我总是不断提醒你，快看，快看那车窗外马上就要过来和刚刚才过去的美景。

在那样的山路上，当我们一起屏息注视那些安静和新鲜的美景慢慢从车窗前迎来然后再滑过的时候，我仿佛能感觉到，我们的生命也正在慢慢流动。

你走了之后，我又回去过那条路上几次，在一些曾经令我们轻轻惊呼的路边我停下了车，想仔细而又认真地端详，想抓住那最最美丽的一刻，找到那最最美丽的一幅画面。

但是，令人吃惊的是，当我停车，当我静止下来准备好好观看的时候，所有曾经感动过我的美丽也都消失了。眼前的风景忽然变得呆滞与平淡，所有曾经令我心动的一切都忽然隐没了，一直要到我再重新开始上路，重新在山路上迂回绕行的时候，那些令我分心令我慌乱的美景才会重新出现。

阿诺，原来整个生命的美丽就在于它的永不停息啊！

阿诺，几千几万几亿年以来，时光从来没有停止地流动着，每一个动作都接连着上一个并且必须要再接连着下一个动作才能显示出它的意义，"永恒"的意思就是一种永远的流动，永远不停息的生命就在这样的流动里逐一完成。

阿诺，原来我们从来也没有过什么可以与其他分割独立而自成一刻的"刹那"，我们从来也不能将生命任意分割成小小的段落，所有的遭逢与所有的记忆都一如山路旁的美景，我们彼此互相期许过，或者互相勉励过的话语只能在生命中慢慢迎来再慢慢滑过，随着满山的樱树慢慢绽放再慢慢凋落。

今天从山上回来的时候我走的是另外一条陡峭的小路，路旁也这里那里总有一些山樱在开着。天气很清冷，阳光在疏林间反复映照，有些枝丫才刚开始着色，浅浅淡淡的，被地面上整片苔藓青色的反光包围起来，粉红色的花朵上竟然流动着一层浅绿青白的光晕。

阿诺，我只好承认，真正的艺术品从来不在美术馆和博物馆的墙上。

它们只在就快要靠近和刚刚过去的时间里。

阿诺，在远方的你，是不是也同意呢？

一年又过去了，祝你

平安如意。

慕蓉于灯下

等待中的岁月

年轻的时候，去欧洲读书，是要专心拜师学油画，所以从艺术学院的油画高级班毕业之后，原来只想着可以快快回台湾的。

但是，那时已经心有所属，而属意的这位先生却还要继续修他的物理学博士学位，归国之日尚遥不可期。

家既然不能马上回去，婚也不可能马上结成，在等待的日子唯一能做的事就是再去学一些东西。

于是重回艺术学院，拜在克劳德·李教授的门下，修习铜版画。

我自认对线条很敏感，又很喜欢欧洲那种古朴扎实的版画，尤其是杜勒（Durer）和他那个时代的作品，每次观赏之余总让我兴起了"有为者亦若是"的羡妒心情。于是在上课的时候，常用线条的刻画来表现光影。

日子就在油画与铜版画之间交替地过去了。两年之后，终于结了婚，又过了两年，丈夫也终于修到博士学位，于是两个人整装返国，然后，孩子也跟着来了。

孩子在襁褓的那几年，除了白天教书之外，其他是什么事也做不成了。画油画嫌颜料和调色油的味道太重，做铜版画又嫌材料太危险，屋子里所有的活动都以婴儿的需求为主，其他一切免谈（而且奇怪的是：也不怎么想谈）。

又过了几年，孩子慢慢大一点，晚上不必挣扎着起来喂奶，也不用频频换尿布了，可是，两个娃娃都有同样的要求——要妈妈在床边哄着才肯睡觉。

　　于是，这个妈妈想出一个计策来，摆一张小桌子到孩子床边，上面放一本干净的本子，一支干净的墨水笔。孩子只要可以看到妈妈坐在他们面前也就安心了。我一边跟他们瞎编一些故事，一边在本子上画画，假如这时有任何一个人不满意，我可以随时停笔离座去床前安抚。哄着哄着，孩子终于入睡，这个做妈妈的却越画越起劲，于是，一张又一张的针笔画就都在等待着孩子长大的夜晚里完成了。

　　一年又一年，孩子慢慢长大，用针笔画的作品也累积了不少，现在回头看过去，有些部分可以画到那样复杂与精细，其实没有任何理由，只因为是一个坐在孩子床边的母亲才能拥有的那份耐心而已。

　　但是，在我的创作生命里，精细的针笔画其实是油画的敌人！线条在纸上重复出现得太多的时候，油画里笔触的力量就会慢慢消失。有一阵子，我油画的气势变得很弱很弱，终于逼得我痛下决心，停了针笔画，过了几近一年的惨淡时间，油画才逐渐恢复旧观。

　　所以我现在除了做植物写生的那种素描之外，插图式的针笔画是不大敢再画了。

　　自立早报邀我做插画十年的回顾专辑，惭愧的是我并不能算做是插画家，我的针笔画大多收集在我自己的诗集与散文集里，只能当做是在等待着的岁月里所留下来的一些纪念罢了。

山　火

那天，我冒雨去看老师的画展。

雨是突然间下起来的那种倾盆大雨，从下车的地方跑到历史博物馆大门口，虽然只是一段短短的路程，已经足够把我从头到脚淋得湿透。

可是，在画展会场里，在老师从二十岁画到八十岁的作品之间，有一种安静而又热烈的力量震慑住我、吸引住我，使我完全忘记了自己身上那一身湿冷的衣裙。

林玉山老师是我大学时的国画老师，也是带我走进白描写生世界里的启蒙恩师。

那年，刚进师大，林老师就用一支毛笔带着我们到处去画花。春天的时候上阳明山看杜鹃，秋天有悬崖菊的日子，就去画那些如飞瀑般泻落到地上的花朵。

我们画的时候，老师的笔也不停，在他笔下出现的花朵总是有一种安静而又热烈的感觉。那时候年纪轻，以为这本来是一件平常无奇的事，以为既然是老师，就应该画得这么好，而过了许多年之后，才慢慢知道，要画得这么好，并不是一件顺理成章的事。

在林玉山老师的八十回顾展里，才真正明白，要画得这么好，除了要有过人的材质之外，还需要有无数艰难困苦的日夜在后面撑持着，要有无限的耐心、决心、努力以及热情，才能够成为一个真正的艺术家。

这次展出的作品并不多，但是每一张都是能让人五体投地的杰作。在这些作品里，不管是荷、是菊，还是暮色里的曼陀罗，不管是虎、是鹰，还是洪水中的雀鸟，不管老师借用的是哪一种形象，他真正画出来的，应该是他自己的生命——一个艺术家的安静而又热烈的生命。

会场中央墙上，老师在他的一幅题名为《薪传》的作品上写了一段话：

"童年曾闻阿里山林区遭回禄之劫，地上虽熄火多年，下层根底仍不断延烧，至猎人蹈陷始发现此迹，据庄子养生主所谓火传不知其尽，诚哉是言。时值戊午清明，追念远祖，有所感怀写此并志。"

在画面上，老师画了一棵被焚烧过后的巨大林木，然后，在右下角另外用一个黑暗的方块，画出树的根须在地里面像红色的火炭一样慢慢延烧着的感觉。

站在这张画前，我的心里好像也有些东西开始想燃烧起来。

老师的童年——老师出生在民国前五年，那么，这样的一场山火，也许应该是民国初年的事情了吧？在那个时候，大火在阿里山上焚烧了几天几夜呢？在地上的火熄灭了之后，那下层根底黑暗的世界里，那绵延不绝如火炭样的燃烧又持续了多少年呢？

五十年之后的一个春天，阿里山上又烧起了一场猛烈的山火，那夜，我上山的时候余烬还在。朋友带我去看那些还没有完全熄灭的林木，我们在月光下穿过长满了芒草的山径，在对面，在我们视线所及的山岭上，是一大片又一大片的焦土。烧焦了的丛林里，黑色的枯枝突兀地伸向空中，林间有灰白色的烟雾像河流般缓缓流动。在月明的夜里，巨大的山峦悲哀而又庄严地峙立着，在那个时候，想必也有一些根须已经开始在暗黑的地层里慢慢延烧起来了吧？

站在老师的画前，我终于明白，生命原来有着如许不同的面貌。有那凶猛炽烈的火焰，也有着极缓极慢而不被人所察觉的绵延，而一切的焚烧都只是为了再传延下去，一切的毁灭都只是为了再生。

在暗黑的地层里窒闷地隐藏着的愿望，是多年之后的星星火种，蜿蜒而又缓慢地延续着，只为了能在十年、二十年，或者五十年之后重新出现、重新燃烧、重新再来照亮那无垠的夜空。

山火，原来是从不熄灭的。

那么，在艺术家心里的那一把火，应该也是一样的吧？

山 中 日 课

打开画袋，拿出写生的用具，铅笔在昨天晚上都已经削得很尖利，调色盘上的水彩也都分门别类地排好，挑选出一本纸质比较柔滑的本子，准备好了之后，我开始屏息静气重新来观察这一朵山茶，做我来到山中后的第一件功课。

这朵重瓣的山茶我昨天就看见了，今天在山上转了一圈之后仍然决定要画它。它向外绽开的感觉非常圆满，颜色从浅粉到润红再转回浅粉，好像是有什么人比我早到，先提起笔来在层层叠叠的花瓣间抹上了一圈红晕似的，那技法高明极了。

我开始轻轻落笔，仿佛是个小小学徒，怀着恭谨的心情向大自然这样高妙的师父学习。

春天中午的太阳已经颇有威力，好在这山间附近种满了小棵的樱树，还不到开花的年龄，细瘦的枝干上长满了嫩叶，也能给我一些清凉的遮荫。

在我一笔一笔慢慢记录着的时候，有只孤单的老鹰从我头上掠过，高飞到空中不断回旋。有一段时间，我只是呆呆地对着它的身影眺望，竟然忘了眼前的工作，等到回过神来之后，那些干了的笔触就变得很勉强，再怎么用笔去洗也修改不出那种晕染的感觉了。

只好把这半张画作废，重新来过。

再翻开一张纸，再重新起稿，等到终于可以再开始着色的时候，才发现阳光已经逐渐褪去，山上起了风，环顾周遭，一层薄薄的暮色已经掩上来了。

　　一天就是这样过去的。在我的本子上，才不过刚刚勾勒好一朵山茶的轮廓而已，一天就已经过去了。

　　时间是怎样地不够用啊！

　　我一面低头收拾画具，一面抱怨。然后，我就想起了我所看过的那些画册，那些在一生里画了几千张完完整整的素描作品的人，他们的时间是怎样过去的？

　　他们的一生究竟是怎样走过来的？

火　种

　　天气转寒了，山上的温度又总是比山下的要低个两三度。昨天下午，阿亮送给我一个取暖的火盆，还教了我许多怎样生火和烧炭的学问。

　　他说，烧炭取暖的时候，一定要把两三块炭放在一起，才能够烧得久。

　　如果到了晚上不用火了，又想保持一夜的火种的话，就要在木炭周围堆撒上一层厚厚的炭灰，这样，藏在灰中的木炭就可以很缓慢地燃烧。等到第二天早上，把上层的灰拂开，原来已经是暗灰的火种就会开始变得明亮与炽热，再加进一块新炭之后，就会熊熊燃烧起来。

　　他又说，作为火种被深埋在灰中的木炭，一定不能只是孤单的一块，一定要是两三块木炭靠在一起。如果只留了一块炭当火种，就算周围灰堆得再厚，火依旧会很快熄灭，最后变成一块冰冷僵硬的东西。而如果是两三块木炭的话，就会互相依靠着慢慢地燃烧下去。

　　他说话的时候，我忽然觉得，这不就和创作的欲望完全一样吗？

　　创作似乎应该是一件孤独的事，可是又绝不会是真正的孤独。一个人如果感到完全孤独了的时候，是不会有创作的欲望的。

　　创作的欲望来自希望并且相信，有人可以明白我想要说出来的话。

　　每个创作者的心里，其实都有一个倾诉的对象。有时候是真有那么一个人或者一群人，有时候却并无第三者，只有创作者和他自己的心灵。这颗心也许是当时就在旁静观的自己，也许是多年之后将会回顾的自己，正在极近或者极远的地方，安静地聆听。

　　而更多的时候，那个聆听的人对于创作者而言，只是一个抽象的存在，却又必须是一种肯定的存在。把心里的话说出来吧，不管是多远，也不管是多久，一定会有人明白并且同意的。

　　这样的希望藏在一张画里、一首诗中，有如火种深埋在炭灰之间。而在多少年之后，这件艺术品触动了另外一颗敏感的心，火种上的炭灰被拂开，变得明亮与炽热，渐渐发出火焰来。

　　艺术上的火焰给我们的感动，是一种积极的生命最深处的激发，我们对于艺术家的感激，就在于此，也尽在于此。

　　然而，艺术家也同样要感激我们，由于我们对艺术品的共鸣，就仿佛一块新加入的木炭对原来那块火种的呼应，我们的燃烧使得创作者的心在火焰之中重新苏醒，生命仿佛又得以重新再热烈凶猛地燃烧了起来。

　　这样的希望，这样的祈求，原来是每一个创作者都深深藏埋在心中的火种啊！

花 之 音

有些人的生活可以过得那样丰富，实在是因为在他们的心里藏着可以呼应的东西的缘故。

就像在白天贪看过山峦与河流，一次又一次地细看与比较之后，到了晚上，即或是在没有月光的黑夜里，眼睛依然可以分辨出河川和山脉间那许多颜色的不同层次的变化。

对我来说，绘画上最丰富的记忆都来自莲荷，但是，这些经验如果拿来和有些人的相比，就显得非常薄弱了。

林玉山老师在他的八十回顾展里有一张荷花的巨幅写生，是在二十三岁那年画的，我在历史博物馆的会场见到的时候真是一步一回顾，怎样也舍不得离开。

后来再见到林老师，是在李泽藩老师的水彩画展上，我就急着问老师，那张荷花是在怎么样的心情下画成的？

老师说那个时候他刚刚从日本回到台湾，和年轻的画友一起，两个人到嘉义附近的山里，在一处荷花池旁住了好几天，画了许多张稿子，然后再回到画室里重新定稿，在绢上完成。

老师又说：

"那个时候，年纪轻，对任何事物都想一探究竟。我们听人说荷花刚开的时候最美，并且花开的时候会有声音，所以两个人就在池旁和衣睡了一个晚上，天还没亮时就起来守着花开，等着听花开的声音。"

我从来不知道荷花开的时候会有声音，老师那天真的听到了吗？

"听到了。是很轻、很细微的声音，但是可以听得到。荷花一朵一朵刚刚绽开的时候，几乎会让人以为是花瓣之间互相碰触的声音。"

老师回答我的时候微笑了起来，眼神好亮，虽然是看着我，却好像又在看着很远的地方。

离老师的八十回顾展大概又已经过了两年了吧，这么多年都已经过去了，花开的声音竟然还留在老师的耳边。老师微笑地看着我的时候，好像远处丛山之间晨雾刚刚消散，从安静的池面上传来极轻、极细微的声音。

三 句 话

　　我的学生画出了一张好画，我被她那饱满的气势与才华震慑住了，坐在她的画前，我兴奋得说了许多反反复复、语无伦次的话。年轻的学生静静地站在我身旁，脸上不自觉地露出惊讶的表情，好像是在说：

　　"老师怎么变成这个样子了呢？"

　　刚满二十岁的年轻人如何能够知道她自己的作品所代表的意义？她如何能够知道，所谓"才情"这种东西，在分配上有多么残忍？

　　充沛的才情像一把利剑，只要一出鞘就会令人目眩神迷，心震魂摇。在艺术创作上是必不可少，却又非人人都可以公平求得的待遇。

　　在艺术教育上，特别是在创作的技巧方面，我们这些做老师的是一个很奇怪的角色。对于完全没有才情的学生，我们帮不上一点忙，而对于有着充沛才情的学生，也毫无用处。在那天傍晚，我就是这样告诉我的学生，我对她说：

　　"你知道吗？像你这样的学生，也许四五年，不，也许六七年才能遇到一个，可是，坦白地对你说，我不能教你什么。

　　"每年都有几十个同学进来，他们之中大多数都有着一些天赋的能力与才情，我只是尽量想找出一条比较适合他们各自去发展的路。在这条路上，我再提供一些基本的技巧与观念，我自认还算是一个称职的老师。可是，对你来说，我一点用处也没有，我不能帮你什么忙，只能够站在这里，告诉你，从今以后，你必须要自己往前走了。

　　"不要太理会我定下的规则，也不要太理会整个艺术领域上由别人所定下来的规则，从今以后，你一切都要靠自己了。

"老师用教了这么多年的经验，只能告诉你这一句话，我确信你是与众不同的。"

年轻的学生脸孔渐渐红了起来，我想她已经明白我的意思了，可是，还有一件事是她也必须同时明白的，我必须提醒她：

"可是，我希望你知道，'才情'是一件完全不能依赖、依靠的东西。今天的你并不能因为有了它，就可以轻易地变成你所希望的那个明天的你。

"就算是你拥有世间最丰沛的才情，在创作的这条路上，你还是要认真下工夫，一步一步地走过去才行。

"才情是如利剑，出鞘时一瞬间的光芒是无可匹敌的。可是，要怎样让它锋利，要怎样保持它的锋利，要怎样善用它的锋利，就是你一生的功课了。"

天色已晚，没有开灯的画室逐渐暗了下来，而在我学生的眼中，有些什么越来越亮。我微笑地和她说再见，让她一个人坐在画前静静地再想一想。

站在画室门口，我回身望向她，望向她年轻的背影，我真希望她能相信我，我真希望她能相信她自己，因此而能永远坚持着走下去。

因为，在我心里还有一句斟酌了很久终于还是没有说出来的话，那就是——在她前面的那条路将是何等的漫长！

说创作 之一

在油画课上，我不止一次地告诉那些年轻的学生——要相信自己，在创作上要有一种不顾一切的自由。

我说：既然在现实生活里已经循规蹈矩地和社会妥协了，那么，在这唯一可以任由"自我"去尽兴发挥的画面上，我们一定要学会去做自己的主人才行。

我一直是这样说，也这样相信，并且，我还认为自己是一直都在这样实行着的。

但是，真相并不是如此。

我逐渐发现，真相其实并不可能如此。从十四岁那年开始，三十年来，在生活上、在学习的过程中一路都是循规蹈矩走过来的我，一旦拿起画笔来的时候，又怎么可能有过一时一刻所谓真正的自由？

既然已经在现实生活里养成了不断退却不断妥协的习惯，在拿起画笔来的时候，又怎么可能在忽然之间就恢复成是自己原来的主人了呢？

年轻的时候，只知道一切的挫败是因为技巧的不足、经验与智慧的不足，总以为只要等到能够克服了这些障碍之后，就可以在创作上为所欲为了。

一直到了今天，我才开始察觉，事情并不是这样简单和一厢情愿的。

可笑啊！我竟然一直相信创作生活与现实生活就像超级市场里划分好了的摊位，泾渭分明，品质永远不变，只等着我每次去酌量采买。

其实怎么可能是这样？如果没有与这个世界对抗的勇气，也就不可能保有创作上的自由。生命与生活都是巉岩峭壁，也都是泥沼，无论上升或者下降都是整个人整个灵魂的事，怎么可能会有部分幸免的例外？

　　在学生面前，我慢慢变得沉默了。当然，课还是要上，话还是要讲，可是在说话的时候，我的心就一直在和我自己反复辩论，再也找不到从前那样条理分明的秩序了。

说创作 之二

我也逐渐发现，学识的增加对创作力容或会有好的影响，但是并不一定成绝对的正比。

因为，逼迫我们或者激发我们去创作的那一部分，其实无关于智慧和学识，而是生命在最初形成的时候，就已经在心里埋藏好了的一种原始的呼唤。

时候到了的那一瞬间，就会有声音前来要求我们现身。

那个自由而又充满了光亮的世界向我们要求的，并不是我们平日的努力和美德，它所要求的，仅仅就只是我们自己而已。

然而，只有极少数的人敢应答并且取用那天赐的一切。

韩波用了五年，然后再恶作剧似的断然逃脱，只留下了《醉舟》那样眩惑诡异的诗篇。梵高用了十年，然后悽然告别，只给我们留下一大片金黄色的麦田和无限深邃的宝蓝色星空。

不知道是不是因为这之间总会有痛苦与遗憾，所以，许多人总是迟疑着，不敢去回答那样的召唤。

我们这些迟疑的群众，总会找出些理由来推脱，总会有借口来拒绝相信。因此，即或是已经来到了创作生命里最可以为所欲为的时刻，我们也始终不敢往前跨出一步，始终不敢去碰触和取用——那就在咫尺之外的，光辉夺目的自由。

这样的时刻也稍纵即逝。

于是，在光芒隐退之后，我们反而安下心来，又重回到了原来那个熟悉的角落。在狭窄而又阴暗的范围里是多么安全啊！同伴又那么多，许多细小的物件在众人的反复追索之下，好像也能说出些道理来。于是，我们终于相信，生命应该就像这样，自有它根须绵延、深沉稳定的一面，万物本来都该有极限。

然后，就这样灰灰暗暗地过了一生。

美　术　课

在幽暗的方形空间里，只有一束蓝紫色的光线照在一个人光秃的额头上，应该是个僧人罢？穿着长袖的袍子跪坐在地板中间。在他前面上方悬吊着一口像是佛寺里的那种钟，有时静止，有时开始前后摆荡，幅度越来越大，然后，忽然之间，僧人也往前一探，"当"的一声，真的是和尚撞到钟了。那声突如其来的金属巨响让刚好经过旁边的人都吓了一跳，有人甚至失声尖叫，等到大家弄明白是艺术家在捣乱搞鬼之后，不禁又哄然大笑了起来。

这是一位美国艺术家的作品，比利时皇家美术馆收藏之后，把它摆在现代馆入口的地方。作品是很有趣，而令我更欣赏的是美术馆把它放在第一线的含意。

在平时，每位参观者在进到美术馆里面的时候，多半都是怀着一种比较严肃与戒慎的心情，因此，在冷不防地被吓了一跳之后都觉得很窘，所以才会再哄堂大笑。

奇怪的是，就在这一惊与一喜之间，原来的心情就开始转变了。每个人都变得比较轻松，不相识的人也会互相微笑，甚至交谈。

于是，离开这件作品之后的观众都带着笑容，步伐也散漫了一点，开始一张一张作品地浏览起来了，原来，殿堂里的艺术品也是可以如此轻松对待的啊！

等到已经走到美术馆深处的时候，几乎都已经忘了刚才的惊吓了，远远忽然又传来一声"当"的巨响，有人同时尖叫，紧跟着又是一阵熟悉的哄堂大笑，这边这些早先的受害者也都忍不住回首莞尔，心里面对那些可怜的后继者产生了一种温柔的同情。

在这个时候，整个美术馆里观众的情绪其实已经都有了关联，在钟声所及的领域之内，新的冲击和原先经验的反刍已经反复延展成为一面带有暖意的网，一直到听不见声音之后，一直到我走出了美术馆，一直到我在过了两个月之后，再提起笔来，那声音扩散出来的涟漪还在慢慢地影响着我的心情。

不知道艺术家在创作的时候是否还有些什么特别的含意，但是，对于我这样一个普通的观众来说，我还真喜欢这样的"当头棒喝"，觉得是很好的一堂美术课。

"品味" 两则

几年前，还住在龙潭乡下的时候，去新竹上课，常常爱走那条关西的公路来回。虽然迂回了一点，但是四季变换之间，总有好看的风景，让开车经过的我，每次都能拥有仿佛远足一般的喜悦心情。

梨树开花的时候，早上的阳光照出透明的光泽，真是让人心醉神迷，很想逃课不去学校算了。而有一段路程，两旁的莲雾树平常是密密的树林，到了结实的季节，一簇簇丰满水红的莲雾就在你眼前沉甸甸地弯垂了下来，垂悬在路边，不断地干扰着行车时的视线。

路旁还有几户农家，是出了名的古宅，房屋的砖色特别好看，橘红的光辉里微带一抹金黄，远远隔着青绿的稻田，在夕阳的映照里特别美丽。

有年秋天，路旁有户住在坡上的小农家种的菊花开了。白色的悬崖菊从坡上泼泼洒洒地一路开下来，车子经过，虽然只是匆忙的一瞥，却不得不佩服主人的品味。那草坡，那白菊，那庭前屋后疏疏落落植下的槟榔树，还有周围已经成篱的扶桑花，让不过只是泥墙灰瓦的一户小小农家，变成了一幅可圈可点的美景。

我们平常说："人在画图中。"通常是指其中的人并不自知身处美景，而只是刚好遇到而已。但是，我想，这户农家的主人自己是确确实实知道的，否则他不会在刚好的斜坡之上特意栽植了几株刚好的悬崖菊。

所谓"品味"，其实就是一种从生活里累积下来的自知之明。

因此，每当我进入一些所谓"装潢"过了的大饭店，或者一些新建大楼的"样品屋"里面去参观的时候，我常常会不由自主地想起那一户小小的农家来，不知道他们一家人是不是还住在那里？还保有着原来的自信和原来的美景？

　　这几年，奔波在台北和新竹之间的高速公路上，已经有很久没去走那条经过关西到石门的小路了，想去看一看，又有点犹疑。因为，在我眼界所及之处，有许多纯朴的乡镇都逐渐改变了面貌，而许多城市也变得越来越杂乱，所谓居住的"品味"，在离开了自然与真实的生活之后，已经完全消失了。

　　难道这就是我们的未来？

　　住在龙潭十年，认识了许多可爱的邻居。离我们家不远，住了对新婚夫妇，刚搬来的时候，新娘的父亲就在后院土地上给他们植下一株蛮高的樱树。隔了三年罢，樱树已经长得高过院墙，并且在春天开出一树的繁花来。有天经过他们家，看见前来做客的老先生，抱着新生的外孙女坐在樱花树下，笑吟吟地和我打招呼。阳光透过粉色的樱花照着老人的白发和婴儿的笑靥，小小院落里生意盎然，我不禁也跟着满心欢喜起来。

　　但是，就在隔年之后，这对夫妇因为工作的原因必须迁居，只好把房子卖给了另外一对刚刚结婚的同事，新主人一搬过来，就先把那棵樱树给锯掉了，后院土地全铺成水泥，说是晒衣服会比较方便。那天回到家来看见这种景象的我心里沮丧极了。

　　难道这就是我们无法逃避的未来？

美 术 教 育

如果出发点、方向和方法都有了偏差，那么，"教育"这件事可就变得非常恐怖了！

我们这些受过教育的人，常常会认为自己拥有独立的人格和独特的品味，不太容易受别人的影响。

其实并不全是这样。

其实，我们在开始接受教育的第一天，就无可避免地受了影响了。

譬如小学的美术教育。

正确一点来说，应该是三四十年前的小学美术教育。

在现今已进入中年的许多人的回忆里，譬如你罢，亲爱的朋友，我想你的回忆一定也和我的差不多吧？

在小学上美术课的时候，画得好的同学，老师都会把他的作业贴在教室后面的展示板上，也会派他出去参加比赛。如果得了奖回来，校长就会在升旗典礼的时候颁奖给他，奖品大概都是一大盒粉蜡笔或者水彩之类的画材。师长们会勉励他，要他继续努力，再为校争光。

而那位同学也向你透露，他立志要成为画家。果然，大学联考的时候就考上了美术科系，这么多年来，听说他也好像还在画画。

所以，每当别人谈到什么"儿童美术教育"的时候，你就会想起他来，觉得他应该算是一个教育成功的例子。

我却并不同意。

我的不同意，是因为我们最多只可以说他是个受到鼓励、自己也走对了路的例子，但是，却并不是"美术教育"的成功。

因为，儿童时期的美术教育目标并不在此。

儿童时期的美术教育绝对不是要发掘天才或培养天才，更绝对不是要在一班几十个孩子里面展开"分类"的活动——分成不会画画的和会画画的两类，譬如你和你的那位同学。

从六七岁就开始的分类教育，是多么恐怖与绝望的教育？

而你呢？谦虚的你，自卑的你，从小就认为自己没有"美术细胞"的你；还有班上另外几十位"不会画画"的同学。你们就这样被影响了，也被牺牲了。

让一个人从此亲近"美术"，却让另外四十多个人从此远离"美术"，请问，这样的教育如何能够说得上是成功？

其实，"美"并不只是一张单纯的图画，"上美术课"，也并不是只有画画这一种单调的方法。儿童美术教育的真正目标是让孩童拥有一颗柔软而又敏锐的心，透过这颗心，他才能充满自信地走进这个世界，能够领略和欣赏生活里种种奇妙有趣和美丽的现象，这些现象可能是色彩、可能是线条，但更有可能的是一种与外界事物互相糅合的内心活动。

美术课的真正内容，其实应该是如何在老师的引导之下，让孩子通过创作或者欣赏的过程，在内心里产生欢愉和自由的感受。而最重要的一点是——全班孩童之中不可以有一个牺牲者。因为，让身体健康地活着是每个生命应有的权利，让心灵健康地成长也是一样！

亲爱的朋友，你应该同意罢？

最 后 的 一 笔

在画前，家宜忽然转过头来问我：

"老师，莫奈为什么不在艺术生涯最高峰的时候停笔？这样不是比较好吗？"

我想，也许是我刚才的话误导了她。

刚才，我对这一组的学生说：一个创作者在工作的时候，除了天赋的才情和自己的努力之外，还需要健康。一张完整而又气势逼人的大画，常常是要在画家的壮年时代才能完成。也许是从四十岁到六十岁，也许是从五十岁到七十岁；因为，过了这一段时间之后，即使心中有多少豪情壮志，笔下也常常会力不从心了。

我在说这段话的时候，我们这十几个人正站在莫奈八十岁之后画的那张《玫瑰小径》和更晚的那张《从玫瑰园看过去的房子》之前。我们知道画家在那个时候已经接近失明的边缘，他挣扎着画下的这些画幅，充满了狂热又狂乱的笔触，仿佛有些什么正在胸中熊熊燃烧起来，却又找不到可以奔逃的出口。

所以，我才会说起健康与体力对于创作是有影响的。

但是，我并没有去界定所谓的"艺术生涯的最高峰"这件事，我什么也没说。

我转过身来问文志和亚杰他们，什么是"最高峰"呢？这里有绝对的界限与定义吗？

元汉说有。他说：

"好像有些画家，年纪大了，作品只是不断的重复，应该就是已经过了最高峰了。"

我不能说他错，可是，事情又好像不完全是这样。

他说的是一种看得见的现象。画家老了，作品越来越小，越来越少，笔触有的越来越简单，有的越来越凌乱，题材总是不断重复，他确实是力不从心了，就像我刚才所说的一样。

但是，那只是看得见的一面而已，其实，在这个时候，在创作者的心里，却还是有着许多不同的反应的。

对于有些画家来说，创作欲望是会随着生命能量的减弱而逐渐衰退，他的世界也会因此而由内至外地封闭起来。我们也许可以认定，他已经走过了"最高峰"了。

但是，也有一些画家，创作的欲望却常会因为生命的逐渐衰老而变得更加强烈。时光所余确实已经无多了，但是，那一生里想要描摹、想要表达、想要探索的，却似乎从来也没有完完整整痛痛快快地出现过一次啊！

这条创作的路途何其曲折而又漫长！打开了一扇门之后必定又会再出现一扇门，克服了一处障碍之后必定又会再出现一处障碍，而攀登到最高处之后，不过只是为了让我们能够看见——那在远方若隐若现的更高的山巅。

日虽已近夕暮，心中却不禁因此而燃点起不甘与愤怒！好罢！那么就再来试一次罢！

衰老的画家举起笔来，画出的已不再是一切可见的景象，而是生命里的熊熊烈火！

这个时候，我们能说他已经过了"艺术生涯的最高峰"了吗？

艺术品的价值到底要如何断定？是那些在壮年时期完成的作品里所

表现出来的比较可贵，还是那些在暮年之时最后的几笔里所无法表现出来的更为可贵呢？

当然，我们会为了画家惊人的才情与傲人的气势而受到感动，可是，有的时候，我们却也会为了画家那种近乎绝望的挣扎与努力而受到更大的感动。

因为，那仿佛也是我们自己的挣扎与努力。

仿佛艺术家在用他的一生去替我们做种种的尝试与实验，他的成败其实也就是我们自己的成败。面对时光——那拥有绝对优势的敌手，人类所共有的苦楚与甜蜜、悲伤与喜悦其实是完全相同的。

如果他在壮年时期就早早停笔，我们就永远不会明白，所谓的"成败"与"得失"的真正含义。

如果他在壮年时期就早早停笔，我们也就永远不会知道，一颗不肯屈服的、狂热而又狂乱的心，是多么令人尊敬与疼惜。

那么，对于这样的一位创作者，我们难道不可以说：他的"艺术生涯的最高峰"就是在那最后的一笔之上吗？

篇九

写给生命

画幅之外的

美的归还

我常常想，当这个世界还没有"美学"这一门学问的时候，生活应该比今天容易得多吧？

在那个时候，"美"应该只是一种单纯的事物，配上一种单纯的生活态度，如此而已。

在那个时候，美或许是一种衷心的喜悦，或许是一种深沉的悲伤，围绕在你身边或直刺入你的心中；而你不必用文字来将它归类，也不必用言语来加以形容。

在那个时候，美是属于所有的人的。

当然，为了文化的延续，我们不得不让学者和权威来把一切的思想与感情分门别类，不得不去用心研读那些厚厚的、长篇大论的著作，并且，还要设法让下一代也能明白，每一派每一种学说之间的异同。

可是，更多的时候，我总是会在那些咄咄逼人的论调之前觉得疲倦。开始怀疑了，想要了解美，竟然是这么痛苦的一件事吗？如果，把美丽的事物与心情变成了一种学问之后，就一定要舍弃它们原来最单纯与最动人的面貌了吗？

这又是何苦呢？

美应该只是一种真实、自然与宽容的生活态度而已。

美应该是一种大家都可以拥有的幸福。假如传递文化真是需要有那么多那么深奥的学说和理论的话，那么，我们也相信，它同时也一定需要有像我们这种不发一言的感觉、不着一字的眼神来一代一代地传下去。

美应该是可以无处不在的，它是你，它是我，它是这世间最最质朴的生活。

请把美再归还给我们这些普通人吧。

魔鬼与天神

但是，美同时也是一种绝对的精确。

公元一八八三年五月，画家莫奈举家搬到离巴黎六十多公里的一个小镇上，在那里，在绵延的山谷与河流之间，他有了一个开满了花的庄园。

那年，四十三岁的画家写信给他的朋友说："等一切都安定妥当之后，我希望能在这里画出我的代表作品来。因为，我极爱这里的自然景色，这种心情始终无法更改。"

从表面上看来，他果然从心所欲，在这个庄园里度过了他的后半生，并且画了很多张代表作品——整整地再画了四十三年。

在这四十三年里，他种了各色睡莲，也画了无以数计的睡莲：清晨的、傍晚的、灰紫的、金红的、细致温柔的、狂放灼人的；在画家笔下，睡莲有了千百种不同的面貌，而这千百种面貌只为了要告诉我们一句话：

"这世间充满了无法描摹的美与生命！"

是的，莫奈一生反复追求的，不也只是为了要精确地说出一句话而已吗？那是一种无法形容的渴望，渴望能透过画幅来表达一些他看过、想过，并且生活过的东西。

　　一九二六年，在他临死的前几个月，视力衰退得很厉害，然而，他还是常从画室的窗前远眺那一池的莲，画架上仍然是待完成的花朵。最后，完全看不见了，衰老的画家在黑暗中逝世，而在他周遭，他画的睡莲和他种的睡莲却依然光华灿烂。对莫奈来说，他留下了一句让人无法忘记的话语：人的一生和创作的欲望比较起来是怎样的短暂和恍惚啊！

　　而这种创作的欲望，在每个艺术家的体内都是一种反复的折磨和诱惑，从来没有人会认为自己已经把话说完了的。也许在一件作品完成之后会有一种狂喜，但是接踵而来的必然是惶恐、犹疑和不满意，于是，为了想精确地表达出那一句已经说了一生的话，在彼岸的千朵睡莲有时候化身为魔鬼，有时候却是天神。

　　所有的艺术家都活在这两者之间。

美的来源

　　而这种精确性是无法替代的。

　　正如，你所爱的人在这世间是无法替代的一样。

　　你也许可以说：有谁的眼睛长得有点像他的眼睛，有谁的嘴唇长得有点像他的嘴唇，你甚至可以从一种相似的语言里想起一些有关他的笑诺和豪情，可以从一个相似的背影里重新感觉到一些曾经存在过的欣喜与落寞；可是，你心里很清楚地知道，在这世间，"他"只有一个，一切都是无法替代的。

　　艺术品也是这样。

　　所以，我不太喜欢观众或者读者要求一个画家或者诗人解释他的作品。

　　也许，创作者可以回答一些问题，诸如创作的背景或者创作时所遭遇到的困难等等，也许他可以试着去回答一些这类问题。

但是，他不必去解释他自己的作品。

因为，那不是他的责任，也不是他的义务，他的责任与义务在创作的过程中就已经完成了，他想说的那一句话，在他的作品里就应该已经说出来了。

所以，假如观赏者明白了，就不应该发问，因为已经没有疑惑。而假如有了疑惑，必须要发问，那只有两种可能：一种是观赏者本身也许和创作者不是同类，所以没办法很清楚地进入他的内心。另一种是创作者本身的自我训练还不够，所以无法精确地表达出他内心原来想要表达的意念。在这个时候，艺术家所要做的，也并不是用其他的言语来作补充，而是，必然是，要重新再来一次——再来画一张画，或者，再来写一首诗。

所以，创作者的责任与义务既然是尽心尽力地去创作，作品完成之后，他就有权利保持缄默。

分析与探讨、解释与批评都是别人的事，也因此，了解与误会对一个创作者来说，是必然要同时遭逢到的两种命运，不管是对其中的任何一种，他都要学习来保持不受影响的心情，并且，继续保持那原有的缄默。一直到再下一张画，或者，再下一首诗。

更何况，最重要的是：在艺术品完成之后，有时候会有一些精确之外的感觉进入了画面的光影之间与诗句的段落之中，这种感觉甚至连创作者本身也不能预先察觉与把握，而这一种精确之外的恍惚，才是美的来源，美真正的容身之处。

美，其实是不可求的。

写 给 生 命

1

我站在月亮底下画铅笔速写。

月亮好亮，我就站在田野的中间用黑色和褐色的铅笔交替地描绘着。

最先要画下的是远处那一排参差的树影，用极重极深的黑来画出它们浓密的枝叶。在树下是慢慢绵延过来的阡陌，田里种的是番薯，在月光下有着一种浅淡而又细致的光泽。整个天空没有一片云，只有月色和星斗。我能认出来的是猎人星座，就在我的前方，在月亮下面闪耀着，天空的颜色透明又洁净，一如这夜里整个田野的气息。

月亮好亮，在我的速写本上反映出一层柔白的光辉来，所有粗略和精密的线条都因此能看得更加清楚，我站在田里，慢慢地一笔一笔地画着，心里很安定也很安静。

家就在十几二十步之外，孩子们都已经做完了功课上床睡觉了，丈夫正在他的灯下写他永远写不完的功课，而我呢？我决定我今天晚上的功课要在月亮底下做。

邻家的狗过来看一看，知道是我之后也就释然了，在周围巡视了几圈之后，干脆就在我的脚旁睡了下来。我家的小狗反倒很不安，不明白我为什么不肯回家，所以它就一会儿跑回去一会儿又跑过来的，在番薯的茎叶间不停地拨弄出细细碎碎的声音。乡间的夜出奇地安静，邻居们都习惯早睡，偶尔有夜归的行人也只是从田野旁边那条小路远远经过，有时候会咳嗽一声，声音从月色里传过来也变得比较轻柔。

多好的月色啊！满月的光辉浸润着整块土地，土地上一切的生命都有了一种在白昼时从来也想象不出的颜色。这样美丽的世界就在我的眼前，既不虚幻也非梦境，只是让人无法置信。

所以，我想，等我把这些速写的稿子整理好，在画布上画出了这种月色之后，恐怕也有一些人会认为我所描绘的是一种虚无的美吧。

我一面画一面禁不住微笑了起来。风从田野那头吹过，在竹林间来回穿梭，月是更高更亮了，整个夜空澄澈无比。

生命里也应该有这样一种澄澈的时刻吧？可以什么也不想什么也不希望，只是一笔一笔慢慢地描摹，在月亮底下，安静地做我自己该做的功课。

2

对着一班十九二十岁，刚开始上油画课的学生，我喜欢告诉他们一个故事。

这是我大学同班同学的故事。我这个同学有很好的绘画基础，人又认真，进了大学以后发愿要沿着西方美术史一路画下来，对每一个画派的观念与技法都了解并且实验了之后，再来开创他自己的风格。他认为，只有这样，才能够画出真正扎实的作品来。

一年级的时候，他的风景都是塞尚的，二年级的时候，喜滋滋地向我宣布：

"我已经画到野兽派了！"

然后三年级、四年级，然后教书，然后出国，很多年都不通音讯，最后得到的消息是他终于得到了博士学位，成为一个美术史与美术理论方面的专家了。

　　我每次想到这件事，都不知道是悲是喜。原来要成为一个创作的艺术家，除了要知道吸收许多知识之外，也要懂得排拒许多知识才行的啊！创作本身原来具有一种非常强烈的排他性。一个优秀的艺术家就是在某一方面的表现能够达到极致的人，而因为要走向极致，所以就不可能完全跟着别人的脚步去走，更不可能在自己的一生里走完所有别人曾经走过的路。在艺术的领域里，我们要找到自己的极致，就需要先明白自己的极限，需要先明白自己和别人不尽相同的那一点。

　　因为不尽相同，所以艺术品才会有这样多不同的面貌。像布朗库西能够把他的"空间之鸟"打磨得那样光滑，让青铜的雕像几乎变成了一种跃动的光与速度。而麦约却要把流动的"河流"停住，在铅质的女体雕像里显示出一种厚重的量感来。毕沙洛的光影世界永远安详平和，而一样的光影在孟克的笔触里却总是充满了战栗和不安。

　　每一个优秀的艺术家走到极致的时候，就好像在生命里为我们开了一扇窗户，我们在一扇又一扇不同的风景之前屏息静立，在感动的同时，也要学会选择我们所要的和我们不得不舍弃的。

3

　　当然，有些人是例外，就好像在生命里也常有些无法解释的例外一样。

　　在美术史里，有些例外的艺术家，就像天马行空一般地来去自如，在他们的一生里，几乎就没有所谓"极限"这一件事。

　　像对那个从天文、数学到物理无所不能、无所不精的达文西，我们该怎么办呢？

也许只能够把他放在一旁，不和他比较了吧？不然，要怎样才能平息我们心中那如火一般燃烧着的羡慕与嫉妒呢？

4

我相信艺术家都是些善妒的人。

因为善妒，所以别人的长处才会刺痛了自己的心；因为善妒，所以才会努力用功，想要达到自己心中给自己拟定的远景。

因为善妒，所以才会用一生的时光来向自己证明——我也可以做得和他们一样好，甚至更好。

不然，美术史里那些伟大的感人的作品要怎样来解释呢？为什么会有人肯把生命里面最精华的时光与力量，放在那些好像并没有任何实质意义的东西上面去呢？

当然，你也可以说，创作的欲望来自人类内心的需求，是一种最最原始也最最自然的呼唤，我也完全同意。但是，我要强调的是，在创作的过程里，如果发现有人远远地超过了我们，在那一刹那，像是有火在心里燃烧的那种又痛又惊的感觉，对我们其实是并没有坏处的。

因为，只有在那种时刻里，我们才能猛然省悟，猛然发现自己的落后是因为没有尽到全力。

把海浪掀激起来的，不就是那种使海洋又痛又惊的疾风吗？

5

也喜欢那些在安静地埋首努力着的艺术家。

在他们一生的创作过程里，其实就是一种自我的发现与自我的追寻。

　　一个艺术家也许可以欺骗所有的人，但是，他无法欺瞒他自己。因为，不管群众给他的评价是什么，他最后所要面对的最严苛的评判者，其实是他自己。

　　所以，当一个艺术家可以坦然面对自己的时候，他的面容自然会平和安详，谈话间的语气也自然地会缓慢和从容起来。

　　每次和他们在一起，我心里都有种羞惭不安的感觉，和这些人相比，我是怎样的无知和急躁啊！

　　喜欢和他们一起画画，有时候是在一个市场的三楼，小小的画室里有着温暖的灯光和温暖的关怀。有时候是在闹市狭窄巷弄里的一座平房，光洁古老的地板上隐约看出一些油画颜料留下的色点。

　　在这些画室里的艺术家都早已进入中年，却仍然安静地在走着这条从非常年轻的时候就已经开始走了的路。我每次走进画室时都会有一种触动，有时候是因为他们迎接我时的天真的笑容，有时候是因为他们脸颊上深深的纹路，有时候是因为他们花白的鬓角，有时候是因为画室中央那一把春天的花束；而更多的时候是因为画室里那一种亲切熟悉的气氛，混合着画布和亚麻仁油以及颜料的淡淡气味，朝我迎来。

　　是啊！就这样在这些熟悉的气氛与气味之间过完我的一生吧。让我们从复杂曲折的世界里脱身，一起把这样的夜晚献给那极明净又极单纯的绘画吧。让我们走入心灵的最深处，在茂密的森林里寻找各人自己原来该有的面貌。

　　然后，在这样一个共聚的夜晚之后，带着画完或者没画完的作品，带着一颗安静而又微醺的心，我们在星光或者月光之下彼此轻声道别。

　　然后，再走进闹市的崎岖巷弄里，再开始重新面对另外一个世界，另外一个在别人眼中也许是成功也许是失败的自己。

　　而一切都没有什么关系了，不是吗？如果在我们心里有一座茂密的森林，如果我自己知道我正站在丛林中的那一个角落，那么，这人世即使是崎岖难行，又能影响得了我多少呢？

　　人的自由，在认识了生命的本质之后，原该是无可限量的啊！

妇人之见

1

　　每次，在车子开上高速公路，看到路旁的那些相思树的时候，我都会觉得很快乐，觉得这个世界也许并不如我们所想象的那样悲观，那样的不可救药……

　　不是吗？有些生命并不是那样脆弱和容易征服的，就像那些相思树。

　　七八年以前，中坜到台北那一段刚通车的时候，路旁都是修得整整齐齐的土坡，像用刀削过似的，把很多座相思树林也硬生生地切成两半。在那一两年里面，所有的景色都像建筑模型所展示出来的样子，一切都规划得好好的，山归山、树归树、车归车、路归路，整齐得很也文明得很。

　　过了两年，界限就没这么清楚了。在几个交流道的转角处，在好多片斜坡上，都开始出现了相思树的幼苗了，不知道是种子发的芽，还是当初堆土时带过来的，反正，它们开始生长了。很矮、很小，但是很坚持地站在那里，好像每经过一次，就觉得它们长高了一点，可是仔细看看，又好像没什么变化。有点像小时候玩的那种"偷步"的游戏，一个人在前面的墙边蒙着眼睛数一二三，后面的那些人就要乘机抢前几步，等到在墙边的那个人猛一回头时，大家又站定了，装出若无其事的样子来。

　　这些相思树就有点像在玩着"偷步"的孩子一样，不声不响，若无其事，但是暗地里却在拼命地长。才不过两三年的工夫，都长得很直很挺了。而现在，所有的枝干都恣意地伸展，细碎的叶子已成浓荫，替原来平坦的草坡增添了不少美丽的光影变化，每次开车经过，我都会在心里暗暗地为它们喝彩，为它们高兴。

大自然里有一种神秘的生命力，如果你不把它摧残得太厉害的话。所有的生物都该有一种复苏的本能和本领，如果你能给它时间，如果你没有赶尽杀绝，如果你能给它留一点余地。

悲哀的是，人类对它们，常常是不留丝毫余地的。

2

今天看到报纸，才知道李石樵老师正在为了要被强制搬迁出他居住了将近四十年的老屋而心烦，而我在仔细地看了几份报道之后，也不由得跟着心烦气躁起来。

我们居住的环境，到底是一种什么样的环境呢？

大家都说："艺术是精神生活里不可或缺的食粮"。满街贴着标语："我们要复兴中华文化""要建设成一个文化社会"，可是，艺术在哪里呢？文化要从什么地方来复兴、来建设呢？

我们可以盖很多"漂亮"的建筑，可以在很多大门上挂上牌子，叫这个做"文化中心"，叫那个做"艺术中心"，可是，有谁能够知道，真正的艺术中心在哪里呢？

其实，真正的艺术中心就在台北新生南路二段的巷子里面，在一幢木造的破旧的房子和它的庭园之间，在新竹武昌街的养了兰花和盆景的古老院落里，在台中，在台南，在每一个孜孜不倦地画了五六十年的老画家的画室里。在那里，艺术并不只是挂在墙上的作品而已，并不只是一种单纯的色面与光影的组合。在老画家的古朴而陈旧的画室里，艺术是一种可以触摸、可以感觉、可以学习、可以超越、可以实实在在地改变一个年轻人的心胸与气质、可以崇敬可以感激并且可以轻声向他道谢的实体。在他的作品和他的生活之间，老艺术家向这个社会尽了他最大的贡献，他给了我们最美和最好的力量，依靠着这种力量，整个民族的文化才能延续下去。

而我们给了他什么呢？

在他们年轻的时候，我们要他知道，不努力就不能成功。在他们终于能够成功地在画面上表达出来的时候，我们又要他明白，艺术家应该接受一种孤独的命运。而在他寂寞地画了几十年的画室里工作的时候，我们不是叫他搬家，就是开一条又直又宽的马路，把他幽静的后院完全劈开，这就是我们这个社会对努力了一生的老画家的回报了。

听说在日本和韩国有很多活着的国宝，而我们的国宝却只是指那些放在故宫博物院玻璃橱柜里的没有生命的物件，这是一种多可笑与可怕的错误！

然后，我们还一遍又一遍地对孩子们说："我们是文化社会。"

3

有很多事情只要知错，就可以改，可是，有很多事情错了就改不了了，只要错一步，就再也不能回头了。

在拓宽了的北部滨海公路上，我们碰到的就是这种令人看了心疼的错误，那些变窄了的或者干脆填平了，因而终于消失掉了的美丽的沿海景观，是永远不会再回来的了。

花了很多金钱、很多劳力，筑了一条又整齐又平坦的大路，让我们可以很快并且很安全地到达我们的目的地———一块曾经很美丽而如今已面目全非的海滩。

站在狭窄的海滩前，身后充满了车辆的噪音，我们该向谁去诉说我们的惊讶与愤怒呢？

而在南部的海边，同样的事情也在进行着，在碧蓝的天空和海水之间，曾经开得那样鲜明和灿烂的夹竹桃都不见了，曲折的海岸公路也完全消失，不再有峰回路转的喜悦，只有一条平直的大路，带你走到终点。

在终点，他们用水泥做的假山或者假竹栏杆来欢迎你，一条用光滑并且极为昂贵的大理石砖铺成的路可以使你在海岸的热带林之中悠闲地漫步而鞋底连一粒海沙都不会沾上。

你还有什么不满意的呢？

4

可是，不管怎么样，我仍然相信，这个世界也许并不如我们所想象的那样悲观，那样不可救药……

并且，事实上大家也都没有恶意，每个人真的都是在尽力而为，大家都希望一切能更美更好。

问题是，我们不太清楚更美更好的定义到底是什么，很久以来，已经没有人教我们这些了。

很久以来，我们已经没有仔细地聆听风吹过树林时的声音，没有仔细观察过一朵小草花的生长，我们已经逐渐习惯了小社会里的一切人为的安排，终于忘记了在大自然里原来该有的种种让人惊奇与羡慕的美好境界了。

不过，也许现在还不太晚，也许现在还来得及。我们还来得及存一座山，或者存一片海，我们如果肯下决心，也许还来得及为我们的孩子储存一些幸福的远景。在把孩子抱在怀里的时候，我们可以告诉他，在我们台湾，有一个美丽的地方，在那里，一切都依照自然的安排来生长。在那些野生的丛林里，密密地长满了各种各样的植物，每一样都各得其所，各安其位，粗看好像杂乱无章，仔细再观察却会发现其中有令我们人类不得不叹服的秩序与安排，我们可以告诉孩子，我们真的有那样一块美丽的地方在等着他的长大和他的探访。

孩子长大了以后，一定会感激我们的。

5

我更希望，在还来得及的时候，向引导我们长大、带我们进入一种极美的精神境界，并且一直到现在还在努力创作的前辈艺术家表示出我们的感激之意。

虽然，他们有着超乎常人的毅力，并且几乎和那些野生的相思树一样，有着极强韧的生命力。可是，无论如何，他们仍然有一部分和凡人相同，需要生活，需要一块能够安静地创作的小小空间，需要一点精神上的慰藉与支持。

他们也许并不在意于"国宝"的称呼或者待遇，可是实实在在的，他们是我们这个社会的瑰宝，失掉了任何一位，都是我们无法弥补的损失。

难道真的要等到来不及的时候才来后悔吗？难道我们真的是一个害羞与犹疑的民族，永远不能在适当的时候说出适当的话来吗？

如果我们不能给孩子以一种良好的榜样，那么，孩子就有了很充足的可以让我们失望的借口了。

　　我想，今天来说、今天来做，应该是不算太迟，应该是可以来得及的。

　　除了标语之外，让我们给孩子留下一些真实和美丽的宝物，让他们能在一个澄明而洁净的世界里成长，这该是所有的妇人的心愿了吧。

　　现在说出来，应该不会太迟吧？

玛 利 亚

在布鲁塞尔学画的时候，早上都是人体写生的课，画室里经常有两三个模特儿摆姿势给我们画。

他们之中有男有女，有老有少，流动性却不太大，就是说：间或有一两个人做不长久，但是大多数的模特儿都有了好几年的经验，也都很敬业。每天准时来，准时走，休息的时候尽管也会和我们谈天说笑，但是，只要一到上课时间，一走上他的位置，一脱下罩袍，一摆好姿势，他就不再说话也不再动作，在几十分钟的时间里，安静沉稳得如一具雕像。

这就是我们为什么不能忍受那个叫做玛利亚的模特儿的原因了。

因为她不但常常迟到，常常借故早退，并且，摆姿势的时候，从来不能让我们满意。

如果是坐着的姿势的话，还勉强对付。可是，因为她有着一副长而瘦削的身材，所以教授常常要求她摆出站立的姿势。这样的话，在她正面的同学，可以画她瘦削的脸，瘦削的身材，再配上她的很大很黑的眼睛，画面自然就会出现一种美而忧郁的气氛，而在她背面或者侧面的同学，就可以仔细观察她微驼的脊椎，在画布上勾出一条很优雅的微微弯曲的线条。

因此，多半的时间，她都是站着的。在开始的五分钟到十分钟里面，她还算合作，还能努力地保持直立的姿势，努力地睁大她那很黑很深的眼睛，但是，只要时间稍微久一点，她就开始摇晃了，眼睛也时开时闭，有时候还会自说自话起来。

在那个时候，同学们就开始低声埋怨，我也会一阵一阵地觉得烦躁。在画布前面站着的我，和平常时候的我是不一样的，平常的我可以开玩笑，可以敷衍，可以容忍一切的散漫和疏忽；但是，站在画布前的我，尤其是那个二十二三岁时的我，那个年轻气盛有着无限的野心，并且因而对自己非常严厉的我，是绝对不能容许有一丝一毫的差错的。

当然，在起初的时候，我还是尽量容忍，可是，到那一天，我实在是受不了了。

我实在是受不了她！那天，上课的时候，爱玛带了几个橘子来，那是个教授不在的上午，画室里自然就比较活泼了一点。爱玛剥橘子给我们吃，画室里充满了一种橘子皮的香气。

这个时候，玛利亚忽然说话了，就在画室的中央，在木制的高高的写生台上，她向爱玛说：

"请你给我一点橘子皮吃好吗？"

大家都有点吃惊，很少有正在工作中的模特儿会开口说话，并且开口要东西吃的，而且要的是橘子的皮！

爱玛有点不好意思，赶快递给她几瓣橘子，但是，玛利亚不要，她只要橘子皮，她说：

"我喜欢吃橘子皮，可以提神。"

全班都哄笑了起来，助教也在旁边微笑，真的啊！这个老爱打瞌睡的玛利亚实在是需要提提神的啊！

而我的忍耐已经达到极限了！整个早上，对画室里的嘈杂，对玛利亚的不合作，对正在画的那张画的毫无进展，对这所有一切的不满都在这个时候爆发了出来。我把笔摔进画箱里，把画箱用力地大声地关上，然后拿着画布气冲冲地走出画室，无论如何，这样一个本来可以用功的早上是完全浪费、完全空过了。

到了晚上，在宿舍里，在灯下，我又把那张画再拿出来端详，想看一看还有些什么可以努力或者补救的办法。

画布上的玛利亚面对着我，其实，如果不是这样瘦削和无神的话，她的轮廓应该可以算是很美丽的。

隔壁房间的阿丽丝跑过来找我聊天，她是一间公立医院的护士，比我大上五六岁，快要结婚了，常常拿些壁纸或者窗帘的样本要我来帮她挑选，给她的新家提意见。

那天晚上，她一看那张画就叫了起来：

"我的天！你把她画得真像！"

我很奇怪，怎么，她认识玛利亚吗？

"怎么不认识，在中学里，她高我几班，长得漂亮，一毕业就结婚了。可是，生了四个孩子以后，有一天，她丈夫一句话也不说就走了，隔了很久才从不知道什么地方寄了封没有回信地址的信来，说对不起她，劝她把四个孩子送到育幼院，你看！有这样荒唐的事！"

阿丽丝说着说着竟然笑了起来，是啊！她的未婚夫每天下班以后都会来找她，两个人甜甜蜜蜜地说上好多话，她怎么能够忍受玛利亚这样荒唐的婚姻呢！我只好要求她再说下去。

"去年，我在街上碰到她，她如果不叫我，我还真不敢认她哩！她说，她拼命也要保住这四个孩子，绝不让他们遭到分离的命运。她已经学会了开电车，所以，你别小看她，她白天去你们学校做模特儿，晚上可就是夜班电车的女司机哩！"

一个非常瘦削的女人穿着暗色的制服，在驾驶台后面强撑着她的深深黑黑的眼睛，从薄暮一直到午夜，开着一列古老又笨重的电车，在布鲁塞尔狭窄的街道上反复地行走着。然后，在第二天的早上，再匆匆地赶到艺术学院明亮的画室里，在一群骄傲的、残忍的、要求很严格的年轻人前面，脱下她所有的衣服，脱下她所有的曾经有过的理想和美梦。

　　而这一切，都是为了能让四个幼小的孩子，在失去了父亲之后，不再失去母亲，失去他们的家，他们那唯一的卑微的依凭。

　　从那天以后，我一直不太敢正视玛利亚，在她的面前，我一直不太敢抬起头来。

老伊凡

　　到今天还能记得，那一年的夏天，我坐在巴塞罗那港的山坡上，面对着辉煌的落日时，曾经有过一颗多么踌躇满志的心。

　　那一年，我离家到欧洲去读书，船行了一个月，终于来到欧洲大陆。巴塞罗那之后，就是马赛。我要在马赛上岸，然后坐火车去比利时，如果可以通过入学考试的话，我就可以正式进入布鲁塞尔皇家艺术学院上课了。

　　多好听的名字！多美丽的命运！从十四岁就开始学画的我，从艺术科、艺术系一路学上来的我，终于可以进入欧洲一所古老的艺术学院了。美梦终于成真！而我还那样年轻，眼前有着无限的可能，只要我肯努力，只要我肯拼，我一定可以成为一个真正的艺术家的。

　　那天天气特别地好，坐在山坡上，看夕阳冉冉落下，我心中却有个辉煌的美梦正在逐渐升起。

　　所以，在见到老伊凡的那天，我是非常非常看不起他的。

　　老伊凡是莉莉安的朋友，莉莉安是我的室友，也是艺术学院的同学。祖籍波兰的她，虽然从上一代起就定居在比利时，但是，只要谈起话来，还是什么都是波兰老家的好。

　　听她说来，老伊凡是个很了不起的艺术家，终生在为着一个理想而努力：想找一个美丽的模特儿，雕出一座最美丽的木雕女像。年轻时为这个原因走过很多的路。十年前终于定居下来，开始雕他的女像了。

　　当然，他是波兰人，就住在布鲁塞尔的近郊，莉莉安一直认为，我应该去拜访他。

我们去的那个晚上，布鲁塞尔下了入冬后的第一场大雪，路上积雪很厚，每走一步都会陷下去，我的薄靴子都湿透了，裹在脚上好冷，可是想着是要去见一个真正的艺术家，心里就有种沸腾的感觉了。

而老伊凡却让我那样失望！

不过是一间简陋的公寓，不过是一个高大笨拙的老头子，不过是一大块竖立着的粗糙的木材，在那上面，隐约可以看出一座女体的轮廓，但是刀法之拙劣，一看就是出自一个业余者之手，从来没受过任何的专业训练，在我这个行家的眼里，整件作品因而显得非常的幼稚和可笑。

当然，我并没有显露出我的失望，可是我也不甘心像莉莉安那样盲目地称赞他，我只是安静有礼地坐在那里，微笑地随便说几句好话而已。

老伊凡却感动得不得了，认真地向我讨教起东方的木雕艺术来了。他大概有六十好几了，是那种可以做我爷爷的年纪，但是，也许是整个东方的文化在我身后做背景的缘故，他对我的态度非常恭敬，而我和他聊着竟然也自觉得权威起来了。

在拿过咖啡拿过酒来招待我们之后，他兴致很高，又拿出一本相簿来给我们看，说这是他年轻时旅行各地的纪念册，是他最珍爱的东西。我心想能够看一些各地的风光也不错，有些美丽的相片看看，也勉强可算不虚此行了吧。

但是，他又让我失望了一次。打开相簿，并没有一张相片，只有一些乱七八糟贴着的东西，有车票，有树叶，有收据，还有一些怎么样也叫不出名字来的物件。

而老伊凡开始一件一件地为我们解说了，声音很兴奋。他说这张是他在旅程上买的第一张车票，那张是他住进一间忘不了的旅馆后的一张房租收据，因为在那一间旅馆里同时住着一个很美丽却很忧伤的单身妇人，而他一直鼓不起勇气去和她说话。这几片叶子是他在阿尔卑斯山上采的，那天他看见满山野花盛开，但是他实在下不了手去采摘其中任何的一朵，只好采了几片叶子来做纪念。这一小块碎布又是……

我已经很不耐烦了，老伊凡却仍然不肯停止，我偷偷抬眼看他，忽然发现，有些什么不大一样了。好像在所有的记忆重新回来之后，他整个人变得年轻柔和起来了，原来苍老失神的面孔在诉说时竟然散发出一层焕然的光彩来。

在那刹那之间，我的心里也好像有些什么不大一样了。虽然我说不上来到底是些什么，可是，起码在和他握手道别的时候，年轻的我是很认真向他道谢的，谢谢他给了我一个可贵的夜晚。

很多年了，我一直不能忘记他，常常会突然地想起他来。而一年一年地过去，我发现我越来越无法确定，到底谁才是一个真正的艺术家？是我？还是他？

表面上看，好像应该是我。受过那么多年的训练，画过那么多张画，开过那么多次画展，专业方面的知识我大概都懂一点，一切成为一个艺术家该有的条件我都具备了，不是我，又该是谁呢？

可是，如果好听的学历只会使我变得骄傲起来，如果长期的训练只会使我变得过分自信，不肯再虚心地去观察这个世界；如果我逐渐沉溺于名利的追逐而无法自拔，终日患得患失，那么，那种当初刚刚开始学画时的单纯的快乐将会离我越来越远，再也不可复得了。

真的，我越来越无法确定了，到底谁才是真正的艺术家呢？表面上的一切好像我都有了，可是，那最需要的一点呢？那在最深最深的心里，对这个世界的诚挚的热爱、强烈的感动和谦卑的描摹，在一个艺家最需要具备的那些真诚的条件上，我哪一样能够及得上老伊凡？

我又有哪一点能够及得上他呢？

阿克赛

阿克赛先生原来有个很长的名字，可是，那种东欧人的长名字实在很难发音，第一次看到他的名字时，我"斯夫斯基"地拼了半天也发不出一个完整的音节来，人可是已经咬牙切齿地把脸都憋红了。

阿克赛先生看到我的窘态，当时就呵呵笑了起来，把我一把搂住，频频用手拍着我的肩膀说：

"好了！好了！你已经通过测验，不要再努力了。我的朋友干脆给我另外取了一个名字，这样，你也和他们一样，只要叫我'阿克赛'就好了！"

就这样，我也变成他的朋友了。

那是一九六七年夏天的事。那年夏天，我在瑞士温特吐城开画展，阿克赛先生是当地的艺术家，来看了我的作品，回去之后，写了一篇画评，登在当地的报纸上。那天早上，在画廊里，朋友替我们相互介绍，五十多岁的他和二十多岁的我就因为这一篇画评成了忘年之交。

阿克赛先生和他的太太都是南斯拉夫人，二十年前来到瑞士，就在温特吐城定居下来。他们有三个孩子。那天，在画廊里他就一再邀请我，要我有空去他家做客，看看他的家人，当然，还要看看他的雕刻作品。

我去了，同行的还有邀我来开画展的瑞士朋友，我们两人到了阿克赛先生家里的时候，全家大小都已经热烈地等待着了。

房子在市郊，很小却干净明亮，院子里有一棵大苹果树，太太是那种很安静而且有点怕羞的内向的妇人，孩子们却一个个都很开朗和有礼。

　　他们实在是一个很幸福很欢喜的家庭。我当时心里就这样想：谁说艺术家就不能养活妻小呢？谁说做一个艺术家就一定要把全家都陷进绝境里呢？一个虽小却温暖的家应该也是艺术家可以达到的理想吧，像阿克赛先生这样不就很好吗？

　　参观了阿克赛先生的工作室以后，我的这种感觉就更强烈了。真的，他的工作室虽然很简陋，可是里面的作品却一样比一样精彩。他的雕刻方法是一种金属的焊接，我最喜欢的是那座叫做"小丑的梦"的雕像，一个与人等高的小丑单脚骑在独轮车上，另外一只脚向后微微仰起，为了保持平衡，上身与双手都向前倾斜着，头却又微向后仰，整座雕像有一种不断在行进的感觉，银白的金属打磨得很光亮，发出一种轻柔的光芒，小丑似乎在梦中不断地踩着滑轮，向前滑行飞翔，闭着眼睛的脸上有着一种幻梦般欢喜而又平和的神采。

　　我在这座雕像前站了很久，阿克赛先生一直沉默地站在我旁边，最后，他轻轻问我：

　　"喜欢吗？"

　　"好喜欢！"

　　得到我肯定的答复之后，他就开始微笑了，用手抚摸着光滑的雕像，他又问我：

　　"你不觉得我们有时候和这个小丑也没什么分别吗？"

　　这个时候只有我们两个人在工作室里，其他的人都没有进来，大概，工作中的艺术家也总有一些禁忌的吧，就算是亲如家人，也不一定能分享他工作中种种情绪的变化。此刻的阿克赛先生已经不是刚才在客厅里和在苹果树下的那个快乐慈祥的父亲了，在他的眼神里有着一些我不大能了解却又觉得很熟悉的东西，好像有点自嘲，却又有点忧伤。

　　年轻的我，虽然不大能明白，却直觉地开始想安慰他，于是，我把我刚才的感觉说了出来。我说：一个艺术家能以自己的作品换来全家的幸福快乐，实在已经是很难得的事了，我急着想向他表示出我的羡慕和钦佩，还有我的同情和安慰。

　　阿克赛先生唇边的笑意更浓，眼里的忧伤也更深了。他牵着我的手，带我来到工作室的一角，那里有个很大的平台，用灰色的帆布覆盖着，他把布打开一角，给我看布下的东西，那是一块扁平而略呈长方形的岩石，他对我说：

　　"我的雕刻作品并不足以养活全家，我真正赖以为生的工作还是为人雕刻墓碑。"

　　说完了，大概是怕吓着了我，所以他很快地又把帆布放了下来。

　　可是，我已经忍不住了，眼泪霎时扑簌簌地落了下来，落在还留有石粉的地上，一滴一滴的印子变得好清楚。这个时候，阿克赛先生轻轻地在我耳边说：

　　"你为什么要哭呢？能够以雕刻墓碑的工作让一家人得以温饱，让我可以放心地去做我自己喜欢的东西，又有什么不好呢？"

　　是啊！是没有什么不好，可是，又有多委屈呢！

　　"怎么会呢？在我决心要做一个艺术家之前，我就知道我要走的是一条长路，一切的辛苦都是我自己选择的，又有什么委屈可言呢？我今天只是想把人生的真相告诉你，你这样年轻，对艺术又这样热情，充满了憧憬，我很怕你在受到挫折之后就会马上放弃了一条原来应该可以继续走下去的路，你明白吗？你明白吗？你明白我的意思吗？"

　　我想，我也许是明白了，在那个夏天的午后，我也许终于开始明白，一个艺术家可以同时面对的两种世界了。

童 心 与 童 画

一个小学三年级的男生在美劳课上画了一张图。

这次老师让他们自己选题目，所以，他先画了一张大桌子，旁边摆了四张椅子，桌上有四副碗筷，还有好几碟菜，有鱼、有肉，还有一些圆圆的豆子，都还冒着热气。

老师在行间慢慢地巡视，每走过一次这个男孩的身旁，画面上就新添了一些东西：妈妈站在桌旁了，手里还捧着一大碗汤。再过来，爸爸在门口出现了，提着个很大的公事包，旁边有两个小孩子举着双手，大概是欢迎爸爸下班回家的意思。最后，男孩在饭桌的上方画了一个很大的灯，灯周围还画了很多条表示发光的线条。

老师站在他身旁微笑端详，想着这孩子真是有个和乐的家庭，那样满满一室的温馨都从他笔下自然地流露出来了。

但是，这个时候，男孩不知道从哪里摸出一根又粗又圆的黑蜡笔，从画的上方开始，一笔一笔地涂了起来，涂上一层厚厚的黑色，又用力又严密地，把刚才用心画出来的甜蜜与温馨的画面完全遮盖住了。

老师不禁一惊，发生了什么事呢？这孩子心里有些什么偏差了呢？他不禁大声地问了出来：

"为什么？为什么要涂掉？"

孩子抬起红红的小脸向老师一笑：

"停电了啊！"

哎呀！可不是吗？从孩子顽皮的笑容里可以看出他的快乐与得意！可不是吗？有什么能比这样画画还痛快的事呢？在他的小小世界里，他做了一次绝对的主宰，把实际生活里停电所带给他的特殊经验重新经历了一次。在已经完全被涂黑涂脏了的画纸上，藏着只有他自己才能体会出来的快乐和秘密，所以，在他的小脸上，才有着那样顽皮与得意的笑容。

一直很喜欢这个听来的故事，讲述给我听的就是那位老师。我也常会转述给我的学生听，而每一次，我们所有在场的人都能够完全了解那个小男孩的快乐，也因此都能够分享他把画面涂黑了之后的那种兴奋与得意。

当然，我并不是要每个小孩都来把画涂黑涂脏，我也不是要老师对孩子完全不加以指导。我只是认为：美术教育的真正目的是在心灵的陶冶，孩子在绘画的过程里得到一种专注与表现的快乐。所以，希望孩子画一张好画或者指导孩子画一张好画都只是教育上的一种手段而已，不是我们真正的目的。

真正的目的不在作品上，不在那一张张单薄的画纸上；真正的目的应该是在孩子的心上，在一颗又一颗纯真与柔软的心里，希望他们能从这些学习与表现的经验和过程里，得到他们原来应该得到的快乐与自信。

所以，每次在看到什么地方又举办了大规模的儿童美展或者国际性的儿童绘画比赛等等消息的时候，我的心里总是忧喜参半。

喜的是社会进步了，有这么多成人肯注意到孩子的美术教育，肯为他们办画展，为他们聘请专家从上万张作品里面挑选出几百张入选的，再从这几百张里选出几十张优秀的，最后，再从近几十张里挑出几张最好的，在画展开幕那天请教育部门的最高首长来亲自给他们颁发金牌奖和银牌奖。

　　报上常会登出白发皤然的部长弯腰摸着手捧金牌的孩子肩膀或者头发的相片，和大家对这个小小画家的赞许与祝福，有时候也会登出他的作品，孩子画得也真是一派天真烂漫，可爱极了！

　　凭良心说，我们这些成人对儿童美术教育所做的已经很多，也很够用心了。

　　可是，总有着一些什么使我不安。

　　我总是觉得，以儿童画完了之后的作品来做一种优与劣的分类，应该只是一种勉强的分类；举办儿童画展或者比赛，应该也只是一种教育上的手段而不是目的。

　　我总是觉得，是不是也应该有人来告诉那些没有得到金牌银牌的孩子、那些没有被选入画展的孩子，和那些更多的甚至在初选时就没能被老师选上的孩子；是不是也应该有人来告诉他们：他们只是一种勉强的分类之后的落选者而已，却绝对不是失败者。只要他在画画时得到了该得到的快乐，他就有资格继续快乐地画下去！

　　是不是也应该有人把这一句话告诉给所有的孩子们听呢？

莲　池

1

浓眉之下那双黑亮的眸子是青年引人注意的特征，仿佛总在渴望探看生命里一切美丽的奥秘。炎炎夏日，他骑着脚踏车在山间的小路上往返奔驰，只为了那一池深藏在山里的莲荷。

每次兴冲冲前去，到了莲池之前，好像总是嫌迟了，在南台湾温热的阳光下，荷花绽开之后不久又复闭合起来，像是一些粉红色的句点零星地散布在荷叶铺成的稿纸上，怎么也不肯再多透露了。

唯一的方法恐怕只有在莲池之旁过夜了罢？不然的话，如何能够窥见那初初绽放之时的姿容？

约了平日一起画画的朋友来做伴，两个人在傍晚时分就到了山里了。莲池的旁边农人搭的一座草寮刚好可以借住一宿，日落之后，山风徐来，莲叶的香气轻轻地在风中飘浮，那该是多么惬意的夜晚。

两个年轻人很兴奋地检视着随身带来的画具，应该算是齐备了罢？纸、笔、颜料都在，只要等明天清晨第一线晨曦照进莲池，就可以开始工作了。

问题是，什么该用的东西都带齐了，却独独缺了一样没有考虑到的必需品——蚊香。

日落之后，整个山间的线条与颜色也都沉静下来，是有山风，是有荷香，还有草虫在近处和远处起伏的细细的鸣声，但是，还有，还有无法计数的蚊子也开始一波又一波地出现了。

根本不可能入睡。山间的蚊子凶猛无比，整个晚上两个人被叮得无处可逃，气得坐起身来追着拍打，也解决不了几只，一个晚上就在又恼怒又好笑的反复中挨了过去。

天开始有点蒙蒙亮了，夏日清晨，空气中有着一股沁人心脾的甜香，山峦与树丛之间升起薄薄的雾气，大地寂静无比。并肩站在莲池之畔的年轻画者并没有赶紧提起笔来，因为，在那样的时刻里，笔和纸仿佛是身外之物，仿佛毫无用处了。

在他们眼前，有一层轻雾在莲池之间游走，荷花与荷叶在雾中若隐若现。若说世间有所谓"出尘"的绝美，就应属眼前这几朵等待绽放的芙蕖了，年轻的画者只能屏息静观，连动弹一下也不敢。

天色逐渐从灰紫转为粉蓝，四野无人，万物寂然，一切都在安静地等待，等待荷花一朵一朵慢慢开放，那花苞缓慢绽开的声音，像天籁一般地美丽和无法置信。

总该要提起笔来了罢？总该要有人把这一池的莲荷、这一季夏日、这绝美的一刹那记录下来了罢？

年轻的画者开始慢慢把纸笔摆好，从初发的芙蓉开始、从亭亭的莲叶开始、从池边的倒影开始、从软泥间粉绿紫红的水草开始，他一张又一张地画了下来。

有一张草稿上记下了那一刻的日期和时间——

昭和五年七月于牛稠山莲池写生，上午八点。

2

此刻已经是一九九一年的五月了。超过六十年的岁月都已匆匆流逝，但是，在台北市立美术馆的大展览厅里，这一张画稿和林玉山老师其他许多作品同时展出,平放在玻璃柜里,除了纸质微微有点泛黄之外,其他一切都无恙。

画稿无恙,用这一日以及以后许多次去观察与写生所得来的画稿构筑而成的巨幅画作也安然无恙——《莲池》,这张以泥金遍施于绢素之上作为底色,再用精致写实的笔法一笔一笔层层敷彩而成的大画,正悬挂在展览厅中间的墙面上,与我们含笑对望。

六十年的时间在往前进行的时候真是一笔一笔、一幅一幅,一日又一日慢慢累积而成的,为什么在回顾之时却如急流奔驰而过?老师站在画前,心里想的是什么呢?

"每一幅画都是自己亲生的孩子,卖出去或者送出去之后就仿佛是从此寄养在别人家中,能蒙别人好好看待就是最大的祝愿与幸福。"

那么,这一张《莲池》真算是幸福的孩子了。

当年收藏这张画的张老先生,是与林玉山老师一起作诗填词的好友,在这张《莲池》得到一九三〇年第四届"台展"的特选第一席之后,就属张家所有了。老师想去看画时就会到他家去,绢画平常是卷起来的,要看时得把桌案整理清洁之后再缓缓打开,每次都会令人屏息赞叹,觉得室内充满了莫名的光华灿烂。

到今天,收藏这张画的张家,已经传到第三代了。为了这次市立美术馆的回顾展,特别商请故宫博物院的裱画老师傅将全张重新裱褙起来,然后再慎重地装框,而无论是裱画的老师父还是配框的年轻人,在感动于画面的美丽与画幅的巨大之时,也同时惊叹于整张画的完整与洁净,要多少的心力与关注才可能成就这样的一件工作?

要多少的心力与关注才可能把一张六十年前的绢画完整无恙地挂在六十年后的美术馆的墙上?

　　我们当然首先要感谢画家本人，感谢他用了那样美丽的内容与形式来诠释一方莲池，我们也要感谢故宫的老师傅裱褙的神奇技术，还要感谢配框的工匠，感谢台北市立美术馆的工作人员，感谢在林玉山老师八十五岁回顾展里每一位出了心思与力气的人。

　　但是，每一位走过画前的观众朋友啊！当你们在欢喜与赞叹之时，恐怕还应该默默感谢那一户人家罢？

　　那一户定居在南台湾的书香人家，用了三代人的心血呵护了这一张绢画的生命，《莲池》今日能在美术馆的墙上绽放出无限灿烂光华，我们每个人都要向他们张家祖孙郑重道谢啊！

3

　　当然，也有遭遇不很幸福的养子。

　　老师笑着说：

　　"以前没有装框的习惯，通常都用卷轴的方式，大多数的人都不会保养，不知道挂一挂后再收一收的道理。有些人即或注意到了，又没想到阴晴的关系，在下雨天里把立轴卷了起来，就把湿气都带到画里，绢就很容易变色了。还有人把画在墙上一挂就挂了二十年，有几张画麻雀的，麻雀的头都被小孩子挖掉了，只好把画拿去重裱，让我再来替麻雀添个新头上去。"

　　老师说到这里，我不禁很想打岔，很想问他，那个把麻雀的头都挖掉的小孩，是不是就是后来长大了以后，把画拿去重裱，再满怀歉意低声下气恳求老师替它们添个新头的同一个人呢？

　　寄养在别人家的孩子在这五六十年间都有不少辛酸的遭遇，回顾展中这一个展览厅里都是老师早期的作品，可以看到的损伤也比较多。除了一些添了新头的小麻雀之外，还有几只落魄的老虎，困在屋漏的水痕与厨房的油烟污渍里与我们相对无言。

不过，这些都算是回来了的孩子，还有那些从此失去了音讯再也无法找寻得到的孩子们呢？有的只剩下一张记录的相片，登在画展的目录上，画册也已陈旧不堪，在美术馆的玻璃橱柜里陈列着。有的倒是知道还在哪一位朋友的家中，虽说只是借展，有公家机构担保，展期结束之后马上归还。可是，无论回顾展的工作人员如何再三恳求，最后仍然被回绝了。

有点觉得遗憾罢？我问老师，老师说是有一点，但是，他又对我说：

"但是，也就是因为这样，才会对照出其他的人有多慷慨！你看，这次有这么多位热心的朋友把画提供出来，实在是非常难得的啊！"

人生大概就是这样了？总是会有些遗憾，不过却也总是会有许多意想不到的丰盛回馈，老师想要特别提醒我的，应该就是在这里了罢？

4

是一场难得的遇合！

六十一年之后，一个初夏的正午，美术馆里的展览厅因为外面的炎炎烈日而显得格外清凉，艺术家与他的画作重新相遇。

当年那个站在池边的年轻画者如今鬓发已如霜雪，目光却依旧清亮，依旧深藏着那份对生命与美的渴望，从他笔下一笔一笔画出来的艺术品挂满在美术馆许多间展览厅的墙上，他必须要带领他的学生和观众一张一张地看过。

但是，在转身之前，在离开《莲池》那张画幅之前，白发的艺术家忽然停了一下，回首对那池莲荷再看了一眼，才微笑着转过身来带领着我们继续往前走过去了。

老师，您是不是听见了什么声音？

在一回首之时，老师，您是否仿佛听见了什么声音？一如当年在那个清晨，在雾气轻轻游走的莲池之上，初发的芙蕖一朵一朵缓慢地绽放，细微的花开的声音正从池面上传来。

远远传来，一如天籁。

矛盾篇

1

最能激发想象力的，是时空的距离。

我一直觉得，中国孩子玩"洋娃娃"是完全合乎需要的。就是因为"洋"，因为跟自己非常不像，才有可能激发孩子的幻想，满足他们对一种未知的世界的渴望。

至于"梅兰娃娃"，也许应该考虑外销，也许真的最好是能抱在西方孩童的怀里。

从小开始，"美"，就一直是那个很遥远的不容易清楚形容的憧憬。

2

美，通常只能停留很短暂的一会儿，然后就走了。

所有冗长而有系统的关于美的学说，谈的都只是周围的装饰与附件，根本不可能进入美的自身。有时候说得太多了，眼见会场里的听众又都那么安静，我真的很想提议散会算了。

谈美的书每一本都印刷得非常精致。有一年夏天，在纽约的书店里翻开其中厚厚的一本，不知道为什么会有种毛骨悚然的感觉。

真是精致而又华丽的骸骨啊！

但是不如此的话，又要如何传达？

3

我有个理想。

早上起来，最好先穿过一座森林，再横过一片草原，然后才走到教室。教室里的人要少到使我可以顾到每一个学生，但是又要多到能够聚集起一种狂热来。

老师和学生每个人都可以有一扇大窗户，上课的时候，往窗口一坐，一边看黑板，一边可以看窗外百里千里的无人旷野。

我又有个理想。

学校的校址最好在中心点，由校门口出发，无论是去台北的故宫博物院还是台中的文化中心，都只需要步行两分钟到三分钟的时间而已。

当然，看完展览之后，还可以顺便喝一杯木瓜牛奶，回到学校，刚好赶上下一节课。

4

老师说话完全是因人而异。

对于美术科系之外的学生，我们常常笑容满面地说：

"来啊！来玩一玩！把自己完全放松，任何人都可以成为艺术家！"

本来就是这样，生命可以非常自由，任何人都能在创作的领域里随意进出。所以，老师都喜欢说：

"来吧！来玩一玩！你看，艺术的世界并没有墙。"

可是，一旦真的有年轻人进来了，并且不以玩一玩为满足，却决定要拿它作为一生追求的目标的时候，我们就不得不万分抱歉地告诉他了：

"可是，这里面其实也没有路。"

周遭只有一片未知的黑暗，在一生的时间里，也许有人会找到光和方向，但是，可以确定的是，大多数的人都永远也走不出去了。

老师自己也站在黑暗里，怀着一颗充满了歉疚的心。

5

我不得不承认，我依旧还保有着一些野心和梦想，但是，越来越羞于启齿。

许多年了，有一种模糊的愿望在黑暗中飘浮，却始终不太敢去碰触它，也不敢去整理它。日子慢慢过去之后，注视着眼前完成的画幅，不禁自问：

"还有可能吗？"

还有可能吗？少年时那样衷心祈求的远景，无法清楚形容但是确实曾经强烈感受到的那种憧憬，会有实现的一天吗？

6

我喜欢对学生说，从事艺术创作最具挑战性的一点就是——无人能够预言你的前程，甚至连你自己也不能预知。

但是，一路行来，我其实已经有点知道自己只能走到什么地方了，可是，我假装还不明白，这样，才可以一直走下去。

这一种假装，可以说是逃避，也可以说是另一种方式的努力？努力去假装我并不知道实情，才有可能保有那最早最早的、最脆弱而又最深厚的憧憬罢？

在日常生活里，一个人当然最好能有自知之明。但是，在拿起画笔来的时候，还是对自己了解得越少越好。

真相切莫显露！就让一切愿望都继续在黑暗中飘浮。这样，我才可以一张接着一张画下来。

美，总在那极遥远的不可知的距离之外。

永 远 的 诱 惑

这几年来，去纽约的时候，都住到妹妹家里。每次一见到我这千里之外的来客，她就会笑着问我：

"怎么样！准备挑哪一天要我陪你去见吸血鬼呀？"

"吸血鬼"是她给纽约一间艺术用品材料店所取的代号。那间商店是一幢古旧的楼房，楼高五层还是六层，从地下室算起，每一层楼分门别类地放满了从绘画到雕塑到印刷设计等各色各样的工具和材料。屋子很老旧，没有电梯，要踩着轧轧作响的木头楼梯一层一层地走上去，妹妹一边走一边就会发表她的意见：

"不是'吸血鬼'还会是什么？东西卖这么贵，楼梯这么破了都不舍得修一修！"

可是，对我来说，世间怎能有如此迷人如此诱人如此动人心魄的地方？妹妹给它取的绰号也真是贴切，想一想，在那些有关"吸血鬼"的传说里，有哪一个人不是心甘情愿地走进那美丽的陷阱，心甘情愿地躺进吸血鬼的怀中，还把雪白柔软的颈窝凑近，任他噬食的呢？

在开始的时候，我总是提醒自己要冷静，总是先不急着选购，先要一层楼一层楼细细地逛、细细地看，而且不断告诉自己，只准买必需品，绝不能再买油画范围之外的画材。

但是，走过水彩部门，那从荷兰运过来的水彩本子和从意大利运过来的完全是两种性格，一粗一柔，却都同样迷人。那么多不同的品牌再加上不同的尺寸，每一本都可以画出一种不同的味道，每一本都必须要试一试。

还有那些粉彩。先不说别的，光是看到那些装粉彩的木头盒子我就心软了，浅棕色或者深棕色光洁柔滑的木质，上面刻印着古老的花体字的商标，本身就已经是一件艺术品了。然后，打开之后，那像彩虹一样一条一条逐渐晕染出来的粉条更是光彩夺目；三十六色的、七十二色的，一直可以排到一百四十四色的。

还有，还有那些木刻刀，我虽然已经很久都没刻过木刻了，但是这并不表示我以后不会再去碰它。黑白两色强烈对比的构图仍然是我向往的一种表现方式；买下来吧，买下来之后就可以去实现那样的梦想了。

还有，还有角落里那些精巧的工具是做什么用的？刻纸的吗？我也可以学啊！

那些很可爱很朴拙的木头锤子呢？那又是做什么用的？可以做皮雕？在金属的表面上敲打着，再加上另外一些工具就可以做成整面墙上的装饰？我也应该可以做啊！我家客厅里不是还有一面空下来的墙？

还有，还有那是……

当然，到了最后，我就疯了。

到了最后，除了非买不可的油画颜料、画笔和画布之外，还添了许多许多也是非买不可的工具和材料，那样精巧奇妙的东西，不去试一试的话，准会后悔一辈子！

妹妹有一次又气又笑地问我：

"你认为只要买了这些东西，就可以马上学会，马上就能刻出来雕出来了吗？"

我也笑着回答了她：

"对啊！我这一辈子不都是这个样子？"

不是吗？

童年，四五岁的时候吧，穿着新棉袍，在大年初一这一天的早上，掉进了南京我们家门前结了一层薄冰的池塘里，不就是因为我认为只要能站到冰上，就应该马上会溜冰的结果？

到了后来，看见美丽的吉他，就以为只要买下来以后就可以弹出好听的曲子，听见别人吹奏得如怨如慕的"把乌"，就急着盼着马上也能有一支，以为，只要买了一支好的"把乌"就能和台上那位朋友吹得一模一样。

当然，到了这个年纪，多少也变明白了一些。我也知道在我这一辈子里，大概是永远也学不会溜冰、学不会弹吉他、学不会吹把乌了。当然，更不可能去滑雪，去开飞机，去跳伞，或者，去实现少年时的梦想——攀登喜马拉雅最高最高的那一座山。

人到中年之后，学会了减法。知道要划地自限，知道有些事情有些路途，是这一辈子永远也学不会永远也不可能走上去的了。

但是，也正因为如此，对于那些在身边的比较靠近比较熟悉的路程，就产生了无限的梦幻与无限的野心。

也就是因为如此，不只是每次去到纽约，每次在那间"吸血鬼"铺陈好了的美丽陷阱里，我会情不自禁地搜罗一切被我看上眼的画具和画材。就是在任何其他的时间，任何其他的地方，只要是遇见了一间专卖艺术用品的材料店，我一定如获至宝，喜笑颜开地一头栽了进去。去看！去看！去看看还有些什么我没有见过的宝贝！

有一次在香港，走进了一间狭窄的画材用品店，屋子虽小，连两个人错身也嫌勉强，柜台里却颇有几样漂亮而又特别的东西。我请店员拿给我看的时候，她略略有些迟疑，我请她帮我包扎起来准备要付款的时候，她终于忍不住说了出来：

"一般人看了喜欢之后通常都不会买，这样的货品我们进得很少，有点像是橱窗里的装饰品，摆久了之后都几乎忘了它也是可以卖出去的东西了。"

我和她相视而笑，我也忍不住告诉了她：

"其实，这样漂亮的匣子，这样细致的颜料和笔，我也不会舍得常常去动它的，买了回去之后还不是一样也是装饰品。"

在我家里，在我的画室里，有许多理直气壮买了回来的东西，到了最后，真的只能用"装饰品"这三个字来形容了。

那些从三十六色排到一百几十色的粉彩，当然也用过，但是最大并且最常用的用途就是"观赏"，不管是独自一人或者是朋友在旁，每次打开，每次就有一阵欢喜赞叹！

还有那些一本一本的水彩或者粉彩的本子，需要做两个又大又方的铁柜子来装它们。每个柜子都装上五个扁平四方的大抽屉，在这些抽屉里都是我马上就可以完成的理想，诸如荷的生态或者是野姜花的记录，每一个题目就可以画上一本。这两个柜子之上放上了一块又长又宽的桧木板就变成了实现理想的工作台，工作了一阵子之后，又可以再去搜罗些漂亮的本子设法把台子底下的抽屉装满。

当然，也有非常冷静的朋友一眼就把我看穿了，当我一本一本地向他展示那些雪白的本子的时候，他就开口了：

"你认为，你这一辈子画得完这么多本子吗？"

我的回答是冲口而出的：

"不一定。但是，也就是因为有了这些东西放在我眼前，才能引诱我去画一辈子的啊！"

话说出来之后，忽然觉得事情就是这样，真的！对我来说，事情好像本来就是这样。

是的，是有一种感觉在引诱着我。

一张空白的图画纸，一本又一本的水彩或者粉彩的本子，在打开第一页时，整个本子那种完全空白的惑人感觉强烈极了，让你不由得不想画些东西上去。

而在每次把自己钉好了的，如鼓面一般又平滑又紧绷的画布放到画架上去的时候，也是那一大块空白在引诱着我。那就在眼前的，伸手可及的，只要开始就可以逐渐填满的充满了希望的空白，在安静地召唤着我、等待着我，等我提笔调色，等我开始工作。

事情好像就是这样。不然的话，像我这么一个无论做什么事情都是五分钟热度的人，怎么单单会在这条画画的路上一走就走了三十年？

不管画出来的成绩如何，三十年就这样匆匆过去，少年时曾经一起画过画的朋友，有许多人都走到别的路上去了。那年，T来看我的画展的时候，就对我说过：

"你要知道，不是每个人都像你这样幸运的。不是每个人在画画的路上都能够得到家人和亲友所有的支持，不是每个人都能实现了他少年时候的梦想。我们停笔的时候当然是希望有一天环境许可的话，还能重新再开始。可是，也只有在停笔之后，才会发现，要再重新提笔会有多难！"

T的鬓边在那年已经初现白发，我知道我朋友心中的苦楚，可是却说不出什么安慰他的话。反倒是他一直在鼓励我，要我不管怎样都不要轻言停下画笔来。

后来，又隔了几年，在他又一次的远行之前，他来到我的画室，头发几乎全白了。他送了我一把油画笔，大大小小合在一起有几十支。他说，那是他给自己保存了许多年，总是以为有一天还可能重新再用得上的画笔。他把每支都洗得非常干净，整整一把放进了我的手中，没有再说什么话就分别了。

我明白他的原意是要我用它们来继续画下去，可是，我怎样也舍不得用。就把它们放进画架旁边一个陶制的笔插里，依旧是原来那满满的一把，就好像是许多年前那个少年满满的希望与梦想一样。

每次在画室，在打开抽屉把玩了我那个百宝箱里的本子和盒子的收藏之后，在三心二意又想画粉彩又想刻木刻的时候，只要眼光一触及 T 送给我的那把油画笔，我就把一切的玩心都收起来了。

我不能预知将来会画出些什么样的作品，我只知道眼前必须要坐到画架前面去。画架上有我新钉好的画布，有一张全新的空白在诱惑着我，有一个全新的开始在等待着我。

> 如果有人一定要追问我结果如何
>
> 我恐怕就无法回答
>
> 所有的故事
>
> 我只知道那些非常华丽的开始
>
> 充满了震慑和喜悦
>
> 充满了美充满了浪费
>
> 每一个开端都充满了憧憬
>
> 并且易于承诺易于相信
>
> ……

在一个又一个安静的夜晚里，在灯下，我就是用着那样的心情，将那些空白逐张填满，逐张逐张慢慢慢慢填满。

图书在版编目（ＣＩＰ）数据

透明的哀伤 / 席慕蓉著. -- 武汉：长江文艺出版
社，2017.10（2021.6 重印）
（席慕蓉散文）
ISBN 978-7-5354-7998-3

Ⅰ. ①透… Ⅱ. ①席… Ⅲ. ①散文集－中国－当代
Ⅳ. ①I267

中国版本图书馆 CIP 数据核字(2015)第 113822 号

责任编辑：刘兰青　　　　　　　　　责任校对：毛　娟
封面设计：漠里芽　　　　　　　　　责任印制：邱　莉　　胡丽平

出版：长江出版传媒　长江文艺出版社
地址：武汉市雄楚大街 268 号　　　邮编：430070
发行：长江文艺出版社
电话：027—87679360
http://www.cjlap.com
印刷：湖北新华印务有限公司

开本：640 毫米×970 毫米　　　1/16　　印张：17.75　　插页：2 页
版次：2017 年 10 月第 1 版　　　2021 年 6 月第 2 次印刷
字数：180 千字

定价：32.00 元